NOSSA SENHORA DO BARRACO

Nossa Senhora do Barraco

Gabriela Cabezón Cámara

traduzido por
Silvia Massimini Felix

La Virgen Cabeza
Nossa Senhora do Barraco
© Gabriela Cabezòn Càmara, 2023

Edição Nathan Matos
Assistente Editorial Aline Teixeira
Revisão Tamy Ghannam e Nathan Matos
Diagramação Luís Otávio Ferreira
Capa Sérgio Ricardo

Dados Internacionais de Catalogação na Publicação (CIP) de acordo com ISBD

C173n   Cámara, Gabriela Cabezón
Nossa Senhora do Barraco / Gabriela Cabezón Cámara ; traduzido por Silvia Massimini Felix. - São Paulo : Moinhos, 2023.
158 p. ; 14cm x 21cm.
ISBN: 978-65-5681-149-9
1. Literatura argentina. 2. Romance. I. Felix, Silvia Massimini. II. Título.

2023-1614   CDD 868.99323
                            CDU 821.134.2(82)-31

Elaborado por Odilio Hilario Moreira Junior - CRB-8/9949

Índice para catálogo sistemático:
1. Literatura argentina : Romance 868.99323
2. Literatura argentina : Romance 821.134.2(82)-31

Todos os direitos desta edição reservados à Editora Moinhos
www.editoramoinhos.com.br
contato@editoramoinhos.com.br
Facebook.com/EditoraMoinhos
Twitter.com/EditoraMoinhos
Instagram.com/EditoraMoinhos

Para Ana, meu amor
Para Karina, Lola, Lautaro e Amparo

1.
Qüity: "Tudo o que is born morre"

Pura matéria enlouquecida do acaso: isso, pensava eu, é a vida. Fiquei meio aforística lá na ilha, quase pelada, sem nenhuma de minhas coisas, nem mesmo um computador, só um tantico de dinheiro e os cartões de crédito que eu não podia usar enquanto estivéssemos na Argentina. Meus pensamentos eram coisas podres: paus, garrafas, sargaços, camisinhas usadas, madeira das docas, bonecas sem cabeça, o reflexo da colagem de detritos que a maré deixa amontoados quando baixa depois de subir muito. Náufraga eu me sentia, e pensei até que havia me salvado de um naufrágio. Agora sei que ninguém se salva de um naufrágio. Aqueles que afundam estão mortos, e os que se salvam vivem se afogando.

Passamos o inverno inteiro ali, enfiadas nas brumas das ilhas do Paraná enquanto o rio ia e vinha. Quase nem conversamos. Para mim, era como se a dor me fundisse às coisas e me afastasse de tudo. Flutuei alheia ao que me sustentava: os aromas da cozinha e o calor da salamandra, as coisas de Cleópatra, que exerceu todos os seus talentos à sombra da cabeça de Nossa Senhora, ignorando meu estupor em relação à indiferença da vida e da morte, da matéria que dissipa os mundos e as criaturas em suas próprias aventuras. Permaneci encolhida sobre mim mesma em posição fetal, igual à que se fazia em mim e apesar de mim: meu ventre estava vivo daquela filha que crescia em meu interior, mas eu era um cemitério de mortos amados. Eu me sentia como uma pedra, um acidente, um estado da matéria, uma rocha consciente de que será fundida e solidificada e transformada em outra coisa, e me doía ter essa consciência. Não pesquisei o assunto, mas com certeza não existe uma rocha igual a outra. Ou existe sim, caralho: quem poderia comparar todas as pedras de todos os tempos? E não vejo como a dor dessa rocha seria atenuada se soubesse que talvez, algum dia, tenha havido outra igual na imensidão do tempo, que não existe; o que existe é o acontecer da matéria, a inquietude fundamental dos elementos. Que houvesse ou nunca tivesse havido outro acidente idêntico a mim mesma ou a Kevin não me importava nada, e ainda não me importa porra nenhuma, quem disse que a unicidade é evidência de ressurreição? Não vejo por que a natureza deveria ser pensada com um critério fordista: "Não é uma linha de montagem, os produtos não são todos iguais; logo, deus existe". "Deus não existe", eu disse a Cleópatra algumas vezes, das poucas que conversamos, quando ela me vinha com o analgésico imaginário de sua psique exuberante: historinhas de Kevin em um paraíso de PlayStations com tela gigante; "Imagina só isso, Qüity, a tela é o mundo, meu amor", e a Virgem Maria é a mamãe e Deus é o vovô. Porque na cabeça de Cleo estavam, e ainda estão, mais ou menos resolvidas as complexidades filiais da Santíssima Trindade; pelo que ela conta, deus vem a ser o pai de Nossa Senhora. "E de Jesus também, Cleo?", eu perguntava. "Então não é como se fosse um incesto?" "Ai, querida, como assim *inceto*? Cê tá falando assim que nem fez o Carlos? Que trepava com a filha e engravidou ela, aquele filho da puta, e a gente encheu ele de porrada, mas a pirralha já tava superfodida e bem grávida do mesmo jeito?", "Sim, Cleo, incesto, ou melhor, como você diz: era um inseto mesmo, uma barata",

"Qüity, capaz que Deus vai ser como essa porra de paraguaio, por que que cê não para um pouquinho de me encher o saco, hein? Jesus é filho da Virgem Maria sozinha." Convicta de suas certezas teológicas e de sua capacidade de conceber laços parentais, ela continuava declamando sua parte do diálogo que repetimos quase todos os dias passados na ilha: "Eu tô te dizendo com amor, Qüity, pra que cê também fique sabendo onde é que o Kevin tá, sua tonta: ele tá lá no céu, tá feliz", "Sim, Cleo, e está comendo biscoitinhos de ambrosia, né?"

A morte me doía: a dele, a minha e a de minha filha que ainda não estava viva em sentido estrito, quero dizer, ela ainda não tinha nascido; tudo me doía: quando se abre a consciência para a morte, ou a morte para a consciência, algo se abisma no centro do ser, se fissura em um nada, e esse nada lacera mais do que a tortura, no sentido de que angustia, sufoca, importuna, e tudo o que se pode desejar é que termine.

Eu sonhava com os mortos, com todos aqueles que morreram e foram enterrados uns em cima dos outros por séculos e milênios até se tornarem parte da crosta terrestre. Mas o que mais me torturava era sonhar com meus mortos que se tornavam rapidamente, graças ao compensado de seus caixões baratos, terra no cemitério de Boulogne. Kevin, Jonás, Jéssica, todos se transformando em solo, húmus, pampa úmido, adubo dos cravos e gerânios que adornavam seus túmulos miseráveis.

Milhares de anos depois, quando do mundo de Homero não restam mais do que algumas pedras e umas coluninhas de merda empilhadas para dar contentamento a turistas e arqueólogos, eu sonhava e via Kevin com o mesmo desespero que Odisseu via sua mãe: continua sendo impossível abraçar os mortos, feitos apenas de uma memória que também morre.

Eu sonhava com Kevin. Ele aparecia em qualquer parte de qualquer sonho e nunca era assombroso: eu estava em minha casa e o encontrava, sempre de manhã e sempre na cozinha. Eu tinha visto nas filmagens aquele corpinho desconjuntado pela morte, o sangue fluindo de sua cabeça até que Kevin secou, e depois o sangue também secou. Eu o encontrava na cozinha pela manhã, então, e não me surpreendia: estava esperando por ele, e ninguém se surpreende muito quando o que espera, mesmo contra toda a esperança, chega. Quase com naturalidade eu lhe preparava o leite e escolhia seus biscoitinhos preferidos: dos sortidos em formato de animais, separava todos os elefantes vermelhos para ele, para Kevin, para meu filhinho, pensava eu.

Sua morte tinha terminado por iluminar minha maternidade, eu me tornara mãe dele, que me contava, na cozinha de meus sonhos, o que havia acontecido naqueles dias em que não tínhamos nos visto. E não acontecera nada, Kevin me contava da favela sem mim, como se o que deixara de estar lá não fossem ele e a favela, mas eu. Quero dizer: como se não estivessem todos, ele também, mortos, e a favela desmantelada por tratores, convertida em um ventre de cimento de negócios imobiliários, e ele, Kevin, meu bebê, em um montinho minúsculo de ossos e vermes que se revolviam nas entranhas de uma terra vizinha, logo ali ao lado, no cemitério de Boulogne.

Naquele momento, quando Kevin tentava pegar a caneca, o sonho explodia em estilhaços e me cortava, a dor me dilacerava: ele não podia beber o leite nem comer os biscoitinhos que, no entanto, continuavam fazendo seus olhinhos pretos brilharem como se ainda seguisse com eles, como se aquelas esferas ainda estivessem cheias da vida dele. Não havia passado muito tempo, mas os olhos, acredito, são o que mais rapidamente se decompõe nos corpos quando deixam de ser corpos e se transformam em outra coisa, tão inexorável e cegamente como uma rocha em lava e um monte de lava em uma ilha e uma ilha em uma pilha de pedaços de pedra. Eu queria pegar sua mãozinha e não conseguia: ela atravessava a caneca que àquela altura do sonho tinha toda a solidez das coisas deste mundo e não se deixava agarrar por fantasmas. Ali morria outra vez para mim o morto que mais me mortificava: nada mais me importava, eu quase perdia os sentidos quando tentava sentá-lo em meu colo para dar-lhe o leite e não conseguia. E no entanto algo me pulsava no regaço e era tão impossível que pulsasse e não vivesse que eu não podia parar de tentar o abraço, como se a impossibilidade fosse um erro de procedimento. Eu tentava mil vezes e não conseguia pegar nada mais além de ar, terminava uma e outra vez abraçando a mim mesma, sozinha, apenas com a companhia das batidas de um coração que não era o meu. Acordava chorando, quase sufocada, e vinha a certeza: Kevin não estava mais ali, estava morto e morrido, desmanchando-se na terra do cemitério; quem sabe, eu pensava, com o tempo, as raízes e a fotossíntese, de alguma maneira ele seria também ar, água, tormenta. Besteira, também poderia ser uma salada ou minhocas para pescar bagres e com certeza ele não era nada, era apenas o que eu podia recordar.

O que pulsava em mim era minha filhinha, e eu segurava o ventre com as mãos para abraçá-la. Muitas vezes eu voltava a dormir e sonhava com ela, minha filha que nascia e era um bebê tão frágil como todos, tão ferido de morte como qualquer um, tão pequena aventura da matéria como qualquer coisa. Mas minha menina se transformava em uma tartaruguinha e eu podia levá-la no bolso e se ela caísse não lhe acontecia nada, só enfiava as patas e a cabeça na carapaça e ficava de barriga para cima, balançando-se sobre a curvatura de suas costas de minerais até que eu a levantava e a enfiava outra vez em meu bolso.

Sempre me tranquilizou carregar o que é importante bem colado ao corpo, assim carreguei meu revólver por anos e assim continuo levando o dinheiro e algum amuleto, colados ao corpo; e, no entanto, nem carregando María Cleópatra dentro do corpo eu me sentia tranquila com ela, tinha medo de que nascesse morta, um corpinho que se tornava outra coisa, nem sequer solo, um coágulo dentro de mim, e quando eu a sentia se mexer voltava a encontrar um pouco de paz, um pouco de sentido, um pouco de ordem suportável no universo.

Mas outra vez, fatalmente, eu dormia. Nunca soube se foi a gravidez ou o peso dos mortos recentes que me fez dormir quase todas as horas que passamos na ilha, enquanto não sei o que Cleo fazia, suponho que basicamente tudo: ela foi minha mãe e meu pai provedor, me agasalhou e me deu de comer e conseguiu lenha e um televisor e assim vivemos e assim sobrevivi o tempo em que estava desperta porque a vida, quero dizer, esse ser da matéria que sou eu, também tem sua persistência, sua vontade de continuar sendo.

E assim permaneci durante meses, dormindo, olhando pela janela ou escutando os ruídos do delta do Paraná. Escutei o que nunca escutara: o barro se amontoando entre os juncos, as sementes rebentando em raízes, a tensão das árvores contendo as bordas da ilha. E a água, os ruídos profundos das enchentes e os superficiais das vazantes. E escutei o que não poderia ter escutado: o corpo de Kevin estalando em borbulhas podres no combate da água para voltar à água e deixar o pó ao pó.

2.
Qüity: "Tivemos vida novinha"

> *Tivemos vida novinha*
> *no american dream*
> *para cantar sem descanso*
> *a Flórida inteirinha*

Durou muito, mas acabou também a névoa. Minha filhinha me despertou, minha naquela manhã como nunca antes e como poucas vezes depois, sapateando cheia de alegria dentro de mim. Comecei a flutuar também eu em uma atmosfera tépida e luminosa; as únicas sombras eram leves e inquietas: as do salgueiro que penteava o vento entre minha janela e o rio.

"Bom dia, Qüity, meu amor", Cleo começou a aparecer. Bela e falante como é, nunca aparece simplesmente: é sempre ouvida primeiro. Toda lar, chimarrão e medialunas, eu a ouvi, senti seu cheiro e por fim a vi. Ela se jogou em minha cama e me beijou, com toda a língua, um beijo tão demorado que borrou sua maquiagem, deixou cair um cílio postiço e arruinou o penteadinho de Doris Day que havia feito. "A bela adormecida acordou!", Cleo começou a rir e seus dentes brilharam; ela é pura alegria brilhante e esplêndida e maricona e devota e apaixonada e fala como se estivesse sempre cantando boleros de noiva a caminho do altar. "Vamos lá, minha luz, minha amante, minha esposa, nós três vamos comer no Fondeadero, que eu consegui uma canoa e a gente tem que conversar um pouquinho, nós duas. Cê vai ver, hoje vai ser um dia inesquecível."

No caminho, à luz do sol que duplicava o rio, as mãos frias de meus mortos, suas falanges esfoladas e a dor que eu não podia deixar de imaginar, a agonia solitária de uma criancinha de cinco anos, me fisgaram. Eu me senti traidora, cometi o pecado dos que sobrevivem: continuei vivendo. Mas não soltei a mão do mortinho. Prometi-lhe vingança com a certeza de que eu o manteria vivo enquanto preparasse as armas. Tive uma dupla gravidez: uma filha viva, sem rosto e sem voz ainda, que crescia; e um filho morto, com uma voz e um rosto que inexoravelmente iam se dissolvendo no nada.

Naquele dia, deixei-me levar pela alegria de estar viva. Nossa menininha dava cambalhotas em mim como um astronauta em uma cápsula antigravitacional e eu acreditei que era seu voto pela vida, pelas cores verdes da flora original na margem da frente e os vermelhos e ocres das árvores importadas deste lado do canal Honda. E pelo rio: "Era eu um rio no anoitecer,/ e suspiravam em mim as árvores/ e a trilha e as matas se apagavam em mim./ Me atravessava um rio, me atravessava um rio!",[1] recitei para Cleópatra os versos de Juan L. e ela não ficou calada: "Que lindo, Qüity, mas não me vem com esse papo de anoitecer que eu acho que cê não percebeu, mas ainda nem é meio-dia. Cê tem que entender, meu amor, que eles tão lá no céu e a gente tá aqui na terra. Já sei que cê não acredita nisso de céu, e que ruim que cê pensa assim porque ele existe de verdade, mas então, o que com certeza cê não pode discutir comigo é que nós tamos na terra. E se tem céu, como eu sei que tem, cê pode ficar contente. E se não tem, é mais uma ra-

---

[1] "Era yo un río en el anochecer,/ y suspiraban en mí los árboles/ y el sendero y las hierbas se apagaban en mí./ ¡Me atravesaba un río, me atravesaba un río!" ("Fui al río", de Juan L. Ortiz, do livro *El ángel inclinado*, 1937). [Esta e todas as notas no texto são da tradutora.]

zão pra alegria: vamos aproveitar este momento porque a gente tá viva. Olha, Qüity, olha só que sol. Além disso, querida, a gente vai ser mãe". "E daí, Cleo?", consegui interrompê-la, "por isso a gente vai cagar em toda a humanidade?" Cleópatra suspirou: "Ai, não, Qüity, cagar não, mas a nossa filha tem direito de ser feliz e nós duas temos o dever de cuidar dela, antes de tudo. Além disso, a gente pode sim ser egoísta, até a Virgem diz isso: por ela, Jesus trabalhava de carpinteiro e casava com a Maria Madalena, que por mais puta que fosse era melhor que ele trabalhar de messias e casar com uma cruz. Porque o melhor de tudo é que um filho teu viva, por mais que ressuscite se morrer". "Nisso estamos de acordo, Cleo", disse a ela, rindo, mas o discurso de Cleópatra não parou por aí: "A Virgem diz que estar vivo é o melhor, que o Aquiles já sabia disso lá no Hades. Quando aquele carinha que demorou dez anos pra voltar pra casa, como era que ele chamava? Ulisseu? Quando ele disse 'oh, bom dia, rei dos mortos', o Aquiles respondeu: 'Nem me vem com essa merda, ilustre Ulisseu: eu preferia ser escravo ou indigente', um indigente é a mesma coisa que pobre, Qüity, 'e estar vivo, em vez de reinar sobre os mortos.'"

Minha filhinha já gostava dos discursos da mais queer de suas mães, parecia dançar enquanto a escutávamos. E eu me enchia de perplexidade: como ela podia citar a *Odisseia* quase letra por letra? Não podia tê-la lido em sua pobre vida fodida. De onde caralhos ela tirava coisas como essa? Será que Nossa Senhora existe e tem uma inclinação pelos clássicos e pelas putas pobres?

"Sinta, Cleo, como sua filha está se mexendo." Cleo abandonou a empanada e o tom profético e acariciou minha barriga. "Oi, princesa, eu sou a tua outra mamãe, a Cleópatra, a que dá de comer pra vocês duas, a que tá tricotando a tua roupinha. A gente vai embora daqui, minha filha", Cleo se pôs solene e outra vez falou com um tom de profeta, "a gente vai pra outro país. Cê vai nascer lá, num país com muito sol, palmeiras, um mar verde. A única coisa ruim, isso foi Santa Maria quem me disse, Qüity, é que lá tá cheio de vermes."[2] "Ah, não, querida", falei com firmeza, "pode ir falando para a sua Virgem que para Cuba eu não vou nem fodendo." "Qüity, ela disse vermes." "E esses não saem todos de Cuba, querida?" "Sim, mas saem pra ir embora, Qüity, vê se não faz a tonta."

Foi quando eu soube que viríamos e aqui estamos, em Miami, rodeadas de vermes, como se todos nós que fizemos parte da favela tivéssemos sido condenados, de um modo ou de outro, ao mesmo destino. É claro que os vermes daqui não são os mesmos que os do cemitério de Boulogne: os nossos são humanos, falam que sentem saudades perpétuas de Cuba, estão cheios da grana e trabalham como loucos. Os demais, a maioria dos cubanos de Miami, vivem do subsídio do governo em troca de servir de exemplo vivo de como as revoluções socialistas são péssimas, e tudo que eles fazem é se embebedar, drogar-se e bater em suas mulheres. Mesmo assim, é bem normal vê-las percorrer, toda manhã, a rua Oito procurando seus homens em todos os antros onde caem como árvores abatidas: a partir do sétimo drinque, o rum desce como uma machadada. Começam a perder altura e equilíbrio, esbarram em alguém, tropeçam, gaguejam um esporro, parecem hesitar um instante, caem no chão e se acabou, ficam ali até que alguém os levante. Assim, de espelunca em espelunca, andou também Helena até que o Torito morreu, embora o Torito não fosse verme nem

---

[2] Como são conhecidos, na Flórida, os cubanos emigrados do país.

batesse em Helena. Eles foram os únicos dos nossos que fizeram o mesmo trajeto que Cleo e eu: favela-massacre-Miami.

Os vermes seguem Cleo por toda parte, a ela e à cabeça da Nossa Senhora, essa pobre homenagem dos pobres que agora qualificam como relíquia, o pedaço de concreto pintado que também sobreviveu ao massacre e que Cleo carregou por toda a América e por toda a escala social, até chegar ao Norte e à posse de inúmeras contas bancárias.

Mas o caminho foi longo. Naquela manhã luminosa e pobre na qual começamos a pensar só em nós três, fomos comer no Fondeadero vestidas como pudemos: Cleo com a roupa da dona da casa, a diva da televisão que a amadrinhara quando pequena e lhe dera as chaves para que usasse sua mansão às margens do Tigre quando quisesse. Eu vesti uma roupa de homem, sabe-se lá de quem: era a única que me cabia àquela altura da gravidez, que não estava muito avançada, mas já se notava. O metro e noventa de Cleo era demasiado para todos os trapos da rainha da tevê, que tinha cerca de um metro e sessenta, então minha namorada se engalanou com justos, mas legítimos, Versace de rendas e animal print "que não é porque são curtos que mandam a elegância pras cucuias", jurava ela com muita convicção usando a peruca lisa e loura que a faz parecer uma mistura de Doris Day com pedreiro e que me deixa louca. Foi uma festa esse almoço. Comemos spaghetti à bolonhesa sob o olhar do tataravô imigrante de bigodes engomados fundador do restaurante, aquela bodega de início do século passado, prestes a sermos imigrantes nós também. O iate chegou naquele dia. Tinha sido enviado por Daniel, com vistos e passaportes, e nos levou a Montevidéu. Fomos para Miami de avião, é claro. Nossa identidade mudou um pouco: eu acabei sendo Catalina Sánchez Qüit e Cleo conseguiu realizar um de seus sonhos mais difíceis: ver seu nome estampado nos documentos. Desde então, por fim e para sempre, se chama Cleópatra Lobos. Quando brigamos, às vezes, digo-lhe que ela carrega o lupanar até no sobrenome. Ela já não se ofende "nem um pouco", diz. "Qüity, meu amor, já aconteceu de um tudo comigo, nada mais me humilha. Muito menos esse ataque de moralismo que te deu desde que a gente chegou aqui em Miami: você, que bem que se embolou comigo vendo ali de pertinho como eu era puta, nem me vem com esse monte de merda agora, coração". Fomos embora com um pouco de grana, cerca de dez mil dólares que eu tinha economizado e mais uns cinco mil que Daniel nos deu. Como Cleo gosta de recitar, "bufunfa chama bufunfa", e aqui estamos nós, com muitos dólares, feito aquelas donas ricaças do Primeiro Mundo.

3.
Cleo: "Foi pela Virgem Maria"

*Foi pela Virgem Maria
que mudou toda a minha life:
começaram os milagres
e até a favela foi nice.*

Ai, Qüity, se cê começasse as histórias pelo começo, ia entender melhor as coisas. Qual que é o começo? Ternura do meu coração, existe um montão de começo, porque existe um montão de história, mas eu quero contar o começo deste amor, que cê não se lembra bem, Qüity, cê conta as coisas um pouco como eram e outro pouco não sei o que que cê faz, meu bem, inventa qualquer merda, então eu vou contar a nossa história também. Vou gravar pra você, minha vida, e cê vai pôr isso aí na tua história. Para, para, a Cleopatrita apareceu, que que cê tá fazendo aqui, meu amor? A mamãe já não te disse pra ficar lá embaixo com a Lily? Isso, vai lá pra baixo, coração, que a mami vai terminar um trabalho aqui e já desce pra brincar com você. Ok, tá bom, eu desço e a gente vai brincar de Barbie. Desculpa, aqui tô eu de volta, vou desligar os celulares e fechar a porta pra continuar contando em paz.

Não, não vou poder contar tudo: tem coisa que eu ainda não sei. Não é que eu acho muito importante saber essas coisas, porque elas não mudam minha vida, mas tenho curiosidade, elas me consomem um pouco, é parecido com a fome ou a vontade de trepar, ai, é curiosidade, não entendo o que que cê não entende disso. O que que fez a Eva ir até a maçã? Quando é pra me encher o saco, aí sim cê gosta do babado, né?! Como é que eu vou saber o que que fez a Eva ir até a maçã, meu amor. Maçã é vermelha, tem um cheiro delícia, a Eva deve ter tido vontade de morder. Também acho que eu não tenho que ficar explicando muito: qualquer um menos você, Qüity, que é meio destrambelhada, pode entender o que é curiosidade. E deixa de ser pentelha: não me fala pra perguntar pra Virgem porque eu já te expliquei quinhentas vezes que ela não gosta que eu pergunto qualquer coisa, faz cara de brava, fica quieta e nem Deus consegue fazer ela falar. Não, não tenho certeza se Deus consegue fazer a Virgem falar. A questão é que ela fica meio puta da vida se eu pergunto muita coisa. Não, não sei por quê, quem sabe as médiuns da Virgem deixem ela meio cansada: como a gente é tudo mina, a gente deve ser muito fofoqueira. Ah, os caras também são fofoqueiros?! Tá, eu sei. Bom, então segundo cê tá falando acho que eu também sou machista, Qüity, mesmo que eu tenha renunciado a ser macho; mas cê não é nada curiosa, né, primeiro porque não liga nem um caralho e, depois, porque cê pega e inventa as histórias que te convêm. A verdade é que eu nunca fui macho, queridinha.

Mas hoje eu não quero falar disso, quero falar do começo, e o fato de que eu fui ou não fui macho não é o começo de nada, acho. Naquele dia, reparei bem em cês dois na favela. Era muito cedo e cês chegaram tudo serelepe, como prontos prum piquenique, cê tava até de tênis e calça camuflada, o mesmo tipo de roupa que cê usa agora pra ir acampar no mato; cê achava que ir na favela era a mesma coisa que ir prum safári, sei lá o que que cê pensava, parece que cê não tinha percebido que a gente se vestia normal, como todo mundo, com roupa de ir trampar ou ir dançar ou ficar em casa, não como você, que chegou como quem tava indo caçar um urso ou pisando em areia movediça. O Daniel parecia um sujeito legal, que cara lindo que o Daniel era, eu gostei dele na hora naquele dia que eu vi ele, aquele olhão azul e o cabelo grisalho que ele tinha acabaram comigo. Bom, Qüity, cê também não era virgem e cê sabe que, antes de você, eu com as minas nada, eu nunca tinha ido além de chupar uma buceta quando os meus clientes mais bandalhos pagavam pelo show. Mas eu não tô falando disso, tô falando do Dani. Pensei que ele era um meganha porque tirava fotos disfarçado o tempo todo enquanto a gente tava tomando o café da manhã, mas também parecia muito grã-fininho pra ser polícia e além disso tava do teu lado, que eu pensava que cê era da equipe de produção de algum programa de tevê, cê parecia uma daquelas pirralhas noiadas que vinham até a favela só pra filmar documentários ou pra comprar fubá, meio acabadinha, na mesma hora eu vi qual era a tua. E olha como a gente foi terminar, minha rainha! Cê já pensou nisso alguma vez? Mães de família com vista pro Caribe e fama internacional! Desde o milagre da Virgem na delegacia eu esperava maravilhas da vida, mas nem a pau imaginei que taria aqui hoje, mãe da tua filha, num palacete, aparecendo na tevê todo dia. O que eu sabia, sim, desde pequenininha era isto: eu queria ser vedete e aparecer na tevê, inclusive vou te dizer que eu queria mais aparecer na tevê que ser vedete. Isso aconteceu? Um pouco sim, um pouco não. Tô na tevê, mas vedete não sou não, em vez disso quem sabe eu sou meio freira, mesmo se eu sou uma farsa como cê diz que eu sou; eu sei que sou famosa porque falo com a Virgem e não pelas tetas, mesmo que eu tenha elas — e bem grandes até.

Pra quem se dizia heterossexual, tenho que te dizer que cê ficou feito louca, não parava mais, e chupando esses mamilos de égua que cê gosta tanto, que custaram tão caro pra gente na versão aqui de Miami, cê me fez achar que eu era a loba do Rômulo e do Remo.

 Qüity, meu amor, eu sei que eu tô na tevê por causa da Virgem e pelos mortos e por você, que escreveu quase todas as letras da ópera cúmbia que me lançou pro estrelato da fama latina mundial. E agora cê tá fazendo este livro e imagino que vai vender ele em Hollywood e que o filhinho gay e salvadorenho da Madonna vai interpretar o meu papel. Não, a Virgem não fala nada. Pra ela, que já é uma estrela faz dois mil anos, imagina que a fama perecível não interessa nem no mínimo, mesmo que ela entenda (não sei como, mas parece que o coraçãozinho de mortal que ela teve ficou bem gravado lá na memória eterna dela), e então continua entendendo, mesmo que pareça mentira, ela tá morta faz uns dois mil anos e ainda se lembra! Ah, dois mil anos de imortal, eu quis dizer. Os teus deuses gregos também entendem. E não, Qüity, não é tão estranho que eles entendam, se foram eles que fizeram a gente ou se eles foram feitos do mesmo jeito que nós. Ai! Como que cê é, nem sei por que que eu te amo; cê não me deixa um minuto em paz, como se eu tivesse pouco trabalho com a María Cleópatra, que cê não dá nem bola pra ela, meu bem, mesmo que cê tenha tido o privilégio de carregar a bebeia no teu ventre. Eu já sei que os lagartos também foram feitos por Deus e que cê acha que eles não são compreensíveis, embora a gente tenha o mesmo pai. Eu acho que entendo o Juancho muito bem: desde que eu mudei ele de piscina e comecei a dar sapo orgânico e salmão da Patagônia pra ele comer, ele me olha com carinho; quer ficar confortável e comer delícias e ser amado, cê acha isso muito estranho, sua pentelhinha? Sim, quer ser amado, até as pedras querem ser amadas. E não tô dizendo nenhuma besteira. É a minha vez, e eu vou continuar gravando os meus comentários, Qüity, que cê escreve tudo e eu quero contar minha verdade também. Já sei que cê nunca disse que eu sou tonta, mas aí no teu livro eu pareço, então cê vai pôr nele isso que eu tô te dizendo, minha amada, e, se não, cê me tira do livro. Ou eu vou enfiar isso lá, que eu tenho o direito de me fazer ouvir.

Naquela manhã, então, pensei que o Daniel parecia um tira montado na grana, mas como cê tava ali também, achei que cês eram da tevê ou alguma coisa assim e que tivessem fazendo um documentário secreto, sei lá por que secreto, não pensei tanto, eu não me preocupava muito porque eu já sabia que ia aparecer na tevê de qualquer jeito, isso sim a Virgem tinha me falado, e naquela manhã eu tive certeza quando a Santa Mãe evaporou por causa dos gritos da Susana, cê lembra? Sim, eu sei que cê já escreveu isso, mas agora sou eu que tô lembrando, sei lá por que que eu tô te perguntando se já sei, Qüity, nem tudo é tão simples na vida, tô falando e tô te perguntando por amor, acho, porque a gente compartilha memórias, porque eu já nem sei pensar em mim sem falar com você. A Susana deixou a cadeira de rodas enterrada e saiu gritando, chapinhando na lama como uma novinha com as pernas recém-curadas, agradecendo pelo milagre e jurando que ia me dar um papel na nova temporada dela. Eu meio que me emputeci pelos gritos: "Por que que cês tão fazendo esse fuzuê, pô? A Virgem não gosta, ela foi embora e nem me deu um beijo, como ela sempre faz. Só disse 'rezai, minha filha, que Deus vos ajudará e eu cuidarei de vós', ou qualquer coisa assim", antes a Virgem falava mais em espanhol do que fala agora, cê já percebeu?

4.
Qüity: "Nossa Senhora falava como uma espanhola medieval"

Nossa Senhora falava como uma espanhola medieval, e o dia começava com a primeira cúmbia. Cada um articulava o que queria dizer em sua sintaxe particular, e assim montamos uma linguagem de cúmbia que foi contando as histórias de todos nós, eu ouvia falar de amor e balas, de trairagens e de sexo, cúmbia feliz, cúmbia triste e cúmbia furiosa o dia todo. Agora não quero ouvir mais nada. Por isso esta sala branca, estas janelas blindadas, esta temperatura ambiente. Escrevo o que aconteceu antes, e nada ou quase nada varia ao meu redor: minha filha cresce ruidosamente em outra parte da casa e Cleo envelhece e confunde até a identidade com essas donas prósperas, oxigenadas e folgadas de Miami. Embora a religiosa seja ela, eu sou o monge nesta família; Cleo vive imersa na mudança, com as janelas abertas e aos gritos, como vivíamos naquela época. Tínhamos instalado um sistema de intercomunicação baseado em celulares clandestinos, mas foi totalmente inútil; o costume de viver gritando, "a Ruiva pôs dentadura", "lá vem a tiragem pegar o toco", "parece que a Jéssica tá de bofe novo" ou o que fosse, de barraco em barraco, não sofreu uma diminuição ou, se a sofreu, foi porque qualquer um aparecia na casa de qualquer um a qualquer hora. Era questão de alguém chegar com algum doce ou batatas fritas, salaminho e cerveja e a festa começava ou prosseguia. Era assim: de seu próprio centro a favela irradiava alegria. Parecia coisa de Nossa Senhora e de Cleo, mas éramos nós, era a força de quando nos reuníamos.

Eu falo isso agora, mas hoje em dia não aguento mais barulho; acho que, se alguém pusesse cúmbia naquele volume ensurdecedor, eu metralhava. Não posso mais ficar perto de muita gente, quase não saio, como a louca presa na torre, mas em versão moderna: sou a maníaca do bunker. Curiosamente esse isolamento é minha maior marca de adaptação à sociedade americana. Faço parte do Bunker's Club, uma associação de doentes de merda encerrados em incubadoras tão invioláveis e impenetráveis quanto autônomas. Eu poderia passar dois anos sem sair daqui, e há aqueles que estão equipados para se isolar por dez ou vinte, mas sempre pensei que uma pessoa que se isola por uma década não sai nunca mais do confinamento, como aquele monge de Cuzco que passou vinte anos metido em uma caverna pintando os infernos (claro, o que ele ia pintar preso por vinte anos dentro de uma caverna?), e quando saiu, saiu morto. Eu saio às vezes, vou tomar um sol. Vou para a praia com María Cleopatrita e fazemos bonecos e castelos de areia e ela ri, feliz com essa mãe toda para ela. Dela eu também me afasto: penso na ilha cheia de mosquitos e úmida até a asfixia onde dormi durante boa parte de minha gravidez. Posso pensar no antes, a favela, e no depois, a fuga, mas não consigo me lembrar de detalhes, datas, nomes, sei que me esqueço, minha memória está uma maçaroca por causa das coisas de que não consigo me lembrar, mas me lembro de Kevin com as pernas na água e a testa no atoleiro e o lodaçal cheio de sangue e as carpas descoloridas flutuando na superfície do reservatório.

A fuga seria mais ou menos rápida. Estávamos pensando em chegar remando a Carmelo, Uruguai, mas no final ficamos cerca de três meses na ilha. Eu sempre com Cleo e Cleo sempre com a cabeça da Nossa Senhora do Barraco, aquele pedaço de concreto que mesmo hoje, quando o sucesso de nossa ópera cúmbia nos permitiu comprar obras de arte, ocupa o lugar central de nosso living. Porque o centro do living de minha casa é um altar. Eu não creio nem na Santíssima Trindade nem em sua legítima esposa, mãe, irmã e filha dileta, mas vivo com Cleópatra, minha esposa, mãe de minha filha, eu a amo e assumo essa trindade. Tínhamos começado a nos preparar para ir embora em março e não conseguimos partir antes do fim de junho; isso foi quase dois anos depois que Daniel e eu percorremos, animados, o caminho até a favela.

Não sabíamos que esse caminho era como uma curva ou uma passagem para outra dimensão, a mudança de quadro mais importante de nossa vida. Ou pelo menos da minha, não sei se Daniel conseguiu mudar a sua, acho que não. Tínhamos tomado café na estrada... deve ter sido um dos primeiros dias de novembro: lembro-me bem da multidão de pretinhos com as mãos cheias de flores brancas. Aos gritos de "Jasmim! Jasmim! Cê não quer umas flores, linda?, compra uma pra mina, chefe, é baratinho", eles se atiravam em cima do para-brisas. Eu quis, Daniel apreciou o perfume e o garoto foi embora com as moedinhas e o corpo inteiro: teve sorte, com frequência eram atropelados em sua ousadia, de tempos em tempos emporcalhavam de tripas e sangue o asfalto; ninguém parava e os moleques acabavam achatados, como também acabavam os cachorros nas mesmas rotas.

Em um dos primeiros dias de novembro fomos até a favela, então, Daniel e eu, essa precariedade de pessoa do plural sustentada em quê? Quais seriam as pontes que nos uniam? Duraram bastante, duraram para sempre: desde o momento em que nos encontramos até sua morte. Será que era aquela fé pueril que ele tinha em suas fotos com a câmera Kirlian? Só para constar, minha aura é azul e "o azul é a cor das almas nobres", afirmava Daniel com uma certeza inabalável. Ele tinha uma espécie de fé de engenheiro; precisava da óptica e de toda a sofisticação eletrônica de sua Kirlian para acreditar em uma existência, a do bem, e em uma cor absoluta, o azul. O bem estava em mim, de acordo com Daniel. Tal certeza não é uma ponte suficiente?

Mas nem tudo era aura entre Daniel e eu. Nosso relacionamento tinha começado sendo profissional: eu era jornalista da seção policial em um grande jornal e ele era funcionário da SIDE, a Secretaria de Inteligência do Estado. Tínhamos nos conhecido quando me mandaram cobrir um caso horrível, o assassinato de uma adolescente pobre em uma festa de adolescentes ricos. "O homicídio", dizia Daniel, que nem sempre temia os lugares-comuns, "às vezes é um mal necessário." Mas ter entupido uma menina de coca para depois enchê-la de porra e esvaziá-la de sangue, dilacerando-a como se "uma manada de tigres tivesse pegado uma cerva para fazê-la de café da manhã", até que ficou meio morta, e tê-la enterrado quando ainda estava meio viva não lhe parecia próprio do reino da necessidade. Além do mais, e isso fui eu que pensei, os ricos eram ricos, mas nem tanto para ser inimputáveis, "e aqui não é Ciudad Juárez", explicou Daniel. Ele parecia sinceramente indignado: "Não tinham por que fazer algo assim. Não havia necessidade: esses filhinhos da puta se entregaram ao luxo, ou pior, à luxúria, ou pior ainda, ao vício de matar para gozar", sentenciou o estoico que acreditava no assassinato sem prazer, durante o primeiro café das centenas que tomaríamos juntos. Nós não estávamos unidos apenas por suas fotos Kirlian: ele também tinha estudado Letras e também abandonara o curso. No caso de Daniel, por causa da SIDE, "errando o caminho: fiz da minha vida um romance de espionagem triste e chato, quando o que eu gostaria era de escrever uma obra emocionante", ele me disse naquela noite no bar, dois ou três anos antes da manhã de novembro que foi, sim, a primeira do que acho hoje que é o resto de minha vida e do que então acreditei que seria de algum modo uma volta à literatura. Eu também desejara ser escritora e tinha sido estudante de Letras Clássicas, mas abandonei minhas ambições artísticas e o grego pelo jornal e a boa cocaína que me garantia o trato fluido com a polícia. Tudo que eu fazia era trabalhar e cheirar, e minhas fontes, meus policiais, dealers, ladrões, juízes, advogados e promotores foram se tornando meus amigos, meus amantes, minha família. Isso era minha vida.

Quando Daniel me contou por alto a história de Cleópatra, pensei que tinha encontrado assunto para fazer o livro que me permitiria postular os cem mil dólares que a Fundação de Novo Jornalismo adiantava para financiar as reportagens que lhe interessavam. E uma travesti que organiza uma favela graças à sua comunicação com a mãe celestial, uma menina de Lourdes que fazia chupeta, uma santa puta e com um caralho entre as pernas tinha que interessá-los. E eu poderia deixar o jornal e voltar para o início, para a literatura, para os gregos, para a voragem silenciosa das traduções e para a violência seca das polêmicas da academia.

E de alguma forma foi assim: naquela manhã de novembro, Daniel, que acreditava que o bem estava dentro de mim, e eu, que desejava que estivesse, entramos na favela. Novembro, as flores brancas, a coca, o nascer do sol na estrada, a redação, Daniel, sua câmera Kirlian, eu, minha Smith & Wesson, as pontes, o asfalto, as tripas, o campo de golfe, tudo e todos entramos na favela pelo declive verde de grass que se estrelava contra o toldo gosmento do muro de El Poso, aquele centro bagunçado e escuro, aquela aglomeração de vida e de morte purulentas e estridentes.

5.
Qüity: "Tudo começou com os tiras"

> *Tudo começou com os tiras*
> *que arrebentaram meu rosto*
> *então veio Santa Maria*
> *que me deixou num bom posto*
> *e disse que não queria*
> *que eu andasse chupando picas*
> *como crazy todo dia.*

Mas antes de entrar na favela descendo ali pelas terras mais altas da rodovia, como a água que a inundava com frequência, eu vi Cleo, tão formosa, e a ouvi, eloquente, em uma tela. Dani tinha feito cópia dos vídeos da favela El Poso e do prontuário da Irmã Cleópatra, como a chamavam então. Era bastante ilegal, supõe-se que o que a SIDE filma só pode ser visto por eles, que destroem tudo se não acharem nenhum delito. Desde que os muros da favela tinham sido eivados de câmeras, a rotina devocional da "Irmã" parecia a representação de uma diva da tevê. Cleópatra, "Kleo" quando se anunciava na seção de classificados do jornal, antes que Deus falasse com ela, adotou, depois que Deus lhe falou, um look Eva Perón e um domínio de câmera semelhante ao de Susana Giménez, sua paixão de infância. O primeiro registro que tinham dela provinha de um hospital, de uma prisão e de jornais de papel. Tinha doze anos, ainda se chamava Carlos Guillermo e seu pai quase a matara de porrada por ser "um boiola arrombado", como explicou ao jornalista do *Crónica*, que fez a manchete: "Barbárie homofóbica. Quase mata o filho mais velho porque o jovem quer ser como Susana". Foram entrevistá-la no hospital, a diva se comoveu quando soube o quanto o garoto a adorava, convidou-o para seu programa e ali Carlos Guillermo decididamente se transformou em Kleo, ainda de muletas, mas dançando encantada com os boás que a diva lhe pôs no pescoço. Poucos anos depois, voltou aos holofotes: pela primeira vez, os mais pobres desfrutaram da última tecnologia. Se os ricos tinham câmaras e muralhas, por que não amuralhar e instalar câmeras nas favelas? Os favelados também merecem ter segurança e que alguém cuide deles contra os bandos de pivetes — sim, até mesmo eles são roubados —: este foi o argumento de classes médias, altas, de funcionários e da mídia. Os pivetes não gostaram nada nada, no início jogavam tinta nas câmeras, mas no dia seguinte os tiras vinham e levavam aquele que aparecia no filme; depois começaram a usar aqueles gorros que cobrem todo o rosto como os antigos zapatistas, mas aí a tiragem invadia a casa de qualquer um para que denunciasse o culpado. No final, se resignaram: quando saíam para fazer a elza, compartilhavam o saque com a polícia. As câmeras continuaram filmando, os vídeos começaram a circular e Cleópatra aproveitava. Com o cabelo puxado para trás como Evita, a porta-voz dos humildes, caminhando aos pulinhos como a rainha da tevê e loira como as duas, a "travesti santa", cercada por uma corte de barbies, putas, crianças e outras travestis, pregava abraçada à estátua de Nossa Senhora que um pedreiro agradecido tinha feito para ela no descampado da favela. Meio cabeçuda, de narigão, um pouco raquítica, com uma cruz na mão direita e um coração na esquerda, Santa Maria presidia as reuniões olhando para cima "como se estivesse metendo uma pica no cu", descrevia Jéssica, sobrinha de Cleo, pois, evidentemente, agradecia aos céus toda vez que tinha essa experiência. "Uma noite", Cleópatra contava no vídeo o primeiro milagre aos seus seguidores, "foram lá na boca que eu trabalhava". Ela havia feito caratê quando era menino e botou dois pra dormir. Foi levada para a delegacia. Cortaram os cabos das câmeras e, aos gritos de "traveco de merda, agora tu vai ver o que é um macho", bateram nela e todo mundo a estuprou, inclusive os prisioneiros, em uma clara evidência de quão democratizada fica a força policial quando são enviados à universidade. Quase se afogando em seu próprio sangue e na porra de toda a delegacia, teve uma visão: Nossa Senhora, "divina, mais loira que a Susana, toda vestidinha de branco, parece que tava com uma túnica de seda, limpou o meu rosto com um lencinho de papel que eu não sei de onde ela tirou, acho que guardava na manga, bom, sei lá de onde que ela tirou, cês me perguntam cada idiotice, me sentou no colo dela e me disse preu não me preocupar que ela ia cuidar de mim, que eles não iam mais matar os filhos dela, que que eles tavam pensando. Me disse que eu tinha que mudar de vida, que eu fazia mal em andar por aí 'copulando', que quer dizer trepando, o dia todo, que eu me cuidasse. Como falava num espanhol arcaico, parecia a rainha Sofia, eu achava meio engraçado. Ela me perguntou do que que eu tava rindo e eu contei e ela é tão boa que não ficou com raiva, ela riu também e me deu um beijo na testa. Que eu era muito simpática e que eu devia casar com o filho dela, que ele ia cuidar de mim também, a Virgem me disse. E começou a me contar coisas que iam acontecer e depois coisas que aconteceram, pra mim pareceu que ela passou anos comigo, como se o tempo tivesse voltado atrás e ela cuidava de mim desde que eu era pequena, depois que o meu pai quase me matou, e me curava de tudo, se eu até deixei de mancar quando acordei. Os tiras quase morrem: eles acreditavam que eu tava morta e eu levantei como se nada tivesse acontecido e disse pra eles se arrependerem, que Jesus e a Virgem iam perdoar eles tudo se se arrependessem, então vieram até o buraco onde tinham me jogado e viram que tava tudo limpo e divino e eu, que tava esplêndida, como se tivesse passado a noite num colchão de pena com lençol de cetim, tava tomando café da manhã, a Virgem tinha me deixado chá com leite e medialunas. Nem acreditaram quando abriram a porta e viram que eu saía andando como uma rainha, sem marca nenhuma, eu tava como se fosse aparecer na tevê naquela madrugada".

6.
Qüity: "Na madrugada seguinte"

Na madrugada seguinte, depois de assistir ao vídeo, Dani e eu saímos correndo para a favela. Ele queria tirar uma foto Kirlian de Cleo, e eu, escrever a reportagem do ano. Eu gostava de dirigir para o Norte, de ver o rio mesmo que fosse só de relance, sentir o cheiro da água, amansar-me como a paisagem quando o delta vai se aproximando. Dessa vez mal chegamos perto dele, saímos da estrada assim que vimos a favela. Fica na parte mais baixa da quebrada: tudo vai declinando em direção a ela suavemente, menos o padrão de vida, que este não declina, e sim despenca nos dez centímetros da muralha, cujo potencial publicitário a prefeitura não negligenciou. Era o último espelho dos vizinhos abonados, a última proteção: em vez de ver a favela, se viam a si mesmos estilizados e confirmados pelos outdoors, no topo do mundo com seus celulares, seus carros, seus perfumes e suas férias.

Uma pena que tanta plenitude fosse interrompida pelas portas gosmentas dos pobres. O arco da fachada era adorável, "Bem-vindos a El Poso", dizia em letras coloridas, e umas pombinhas de concreto pintado tentavam, suponho, sustentá-lo com os bicos, embora dessem a impressão de que haviam se estatelado: eram como umas bolas esmagadas, com asinhas, contra as pontas do cartaz. De um lado de cada porta, guaritas policiais decoradas com esmero e em várias camadas: na primeira, o azul-escuro de praxe; na segunda, o escudo com a galinhazinha da polícia federal; na terceira, sereiazinhas ruivas, um submarino amarelo, o menino deus andando por um charco celestial, peixes verdes, flores do mar, todos com olhinhos e sorrindo sobre o azul-escuro da força de segurança da província. As outras camadas consistiam em grafites de caralhinhos para todos, incluindo o menino deus. Se não fosse por eles e pelo cheiro de merda, tinha-se a impressão de entrar em um jardim de infância católico de um bairro de periferia. Mais um desenhinho, o tira parecia um polvo espantado quando assomou a cabeça. Inteligência e imprensa, as credenciais que Daniel e eu portávamos, nos franquearam a entrada.

"Vá em frente, senhor", "tenha um bom dia, senhor", o polvo respeitava as hierarquias, embora não se aguentasse de tanta curiosidade.

— Vocês estão vindo ver a Irmã, senhor?

— Qual é o seu nome, cabo?

— John-John Galíndez, delegado.

— Você é o artista, Galíndez? — Dani perguntou maliciosamente, olhando para a decoração da guarita.

— Negativo, senhor. Foi a Jéssica, a sobrinha da Irmã. Quer um chimarrão, senhorita?

— Sim, obrigada, John-John. Muito trabalho?

— Não, pra falar a verdade, não... desde que a Virgem anda por aqui a favela tá bem tranquila. Muito tranquila. O fuzuê a gente tem com o pessoal da Cóndor agora, a segurança privada. Até a chinfra madruga pra ouvir a Irmã, que conforta todo mundo. Parece mentira, o senhor nem imagina, delegado, com o perdão da senhorita, era uma putona, fazia a vida numa boca aqui em San Isidro, perto da Catedral. Era supercara, pra gente fina — Galíndez baixou a voz e olhou para os lados antes de continuar —, parece que era amante do bispo.

— Mas ela não está um pouco crescidinha pro gosto do bispo, cabo?

— Eu... eu não sei, não sou jornalista, a dona deve saber, senhorita, essas são coisas que se diz, quem sabe, mas cada regra tem a sua exceção, né? — indagou o cabo. — Além disso, a Cleópatra também já foi pequena antes de ser grande.

— E antes de ser Cleópatra — rematou Daniel, e o cana riu, amigável, com certeza pensou: "que cara gente boaça", e começou a dizer, falando sem parar: fazia oito anos que estava trabalhando naquela delegacia. No dia do milagre não estava, mas estivera em outros. "A Irmã perdoou todo mundo", repetia toda hora, assombrado de que coisas como aquelas que ele mesmo havia feito encontrassem o perdão da vítima. Tinha razão em se admirar, coisas como essa não devem ser perdoadas, mesmo que Cleópatra diga que eu sou muito amarga e que, se ninguém nos parar, vamos nos matar uns aos outros. O cabo continuou nos contando: "Não dá pra acreditar, mas o milagre eu vi também. A Cleópatra tinha uma perna mais curta que a outra, por causa da surra que o pai tinha dado nela. Imagina, ele tinha sido policial, sargento Ramón Lobos, embora mais tarde foi expulso por ter ficado com uma parte maior de uns tocos. Quando o garoto saiu assim, entendido, digamos, ele queria matar ele. Na Força ainda existe muito preconceito".

Acho que era uma manhã de novembro, como eu disse, no entanto me lembro de que estava um tempo frio. Entramos na guarita de John-John, que continuou cevando o chimarrão e nos explicando os preconceitos da Força: "Na universidade a gente tem aula de direitos humanos. Na prova, todo mundo escreve que é errado discriminar negros, homossexuais, judeus, bolivianos e, depois, na primeira oportunidade, descem o cacete. Mas aqui já não existe isso: nem nos pretos a gente bate mais, temos que defender eles do pessoal da Cóndor". Ele não estava mentindo: era de conhecimento público que a agência de segurança privada tinha tirado todas as fontes de renda ilícita dos tiras, que acabaram defendendo os favelados porque precisavam de mão de obra. Estavam desesperados, alguém devia sair atrás da grana que estava faltando como nunca tinha faltado e alguém precisava enfrentar seus colegas, os da Cóndor, "liderados por esse louco de merda", John-John definiu: "a Besta, que acredita que Deus fala com ele, mas ninguém nunca viu ele fazer qualquer milagre, tudo que ele faz é tacar fogo em puta que não paga a parte dele, e também fica sempre com toda a grana. Isso não pode ser lance do Nosso Senhor Jesus Cristo". A última coisa que nos contou foi que, depois do primeiro milagre de Cleópatra, até o delegado se arrependeu: acabou chorando "como um bebê, no colo da Irmã", mais ou menos como todo mundo, como eu mesma continuo fazendo de vez em quando até hoje, mesmo aqui em meu bunker de Miami. Porém, muito antes de isso acontecer, saímos da guarita e entramos na favela. E mesmo antes de a favela significar para mim algo mais do que um detalhe triste ao longo da rodovia que desemboca no delta do Paraná, eu conheci a Besta, ex-policial, capo da Agência de Segurança mais forte do cone urbano, mandachuva da prostituição na província e testa de ferro do chefe Juárez, o empresário mais poderoso do mercado nacional. Nem sequer falei com a Besta. Mal o vi. Mas terminei um de seus trabalhos, e essa mínima intervenção me fez ficar do outro lado, do lado de minhas fontes, aquelas que antes eu só entrevistava. Isso também me uniu a Daniel.

7.
Qüity: "Naquele dia, eu tinha trabalhado horas e horas"

Naquele dia, eu tinha trabalhado horas e horas cobrindo o sequestro de um empresário em Quilmes. Acabei jantando com a futura viúva e os futuros órfãos enquanto esperavam pelo chamado dos sequestradores. Não ligaram e ficou tarde, deviam ser três da manhã quando me pus a caminho de casa.

  Passei pelo centro de Quilmes lentamente, porque tinha bebido, atravessei a primeira parte da favela que rodeia a estrada, mais devagar porque costuma haver cavalos e bêbados soltos, e quando começava a atravessar os últimos quinhentos metros e quis acelerar, chegou a escuridão: todas as luzes da quebrada se apagaram, as que titubeiam amareladas das janelas e do teto dos barracos, penduradas no fio elétrico telhado por telhado, como abóboras de um Halloween miserável ou aquelas luzinhas de um Natal nos infernos. Tudo ficou em silêncio também. Eu só ouvia o ronronar surdo e grave dos motores que passavam lá em cima, a meio quilômetro, na estrada iluminada, promissora e distante como uma praia para aquele que está se afogando.

  Apaguei os faróis do carro; eles não iluminavam grande coisa e, além disso, como todos nós sabemos, ser a única coisa visível é muito parecido com ser o único alvo. Peguei o .38 Smith & Wesson que estava no porta-luvas e o coloquei no assento do passageiro, sem qualquer certeza de que serviria para algo: embora a rodovia recortasse a escuridão e conferisse uma certa normalidade à cena, a quietude e o silêncio, que eram quase sólidos — faziam temer um exército de zumbis, não um bando de pivetes —, comprimiam meus pulmões e o cérebro, até que me restou fôlego para uma única ideia: sair logo daquela merda. Na rua não havia vivalma, não se escutavam nem o grito de um moleque nem a batida de uma cúmbia nem o chacoalhar de um carro ou o latido de um cão e a única coisa que se movia, escura e lenta, era meu carro, como se só eu existisse. Mas estavam todos lá: apagar a luz e silenciar até mesmo a respiração é a estratégia dos favelados para mostrar que não há testemunhas, que ninguém quer ter nada a ver ou qualquer coisa a ouvir sobre o que está acontecendo.

O que estava acontecendo chegou segundos depois do apagão, ao contrário de um relâmpago: primeiro o barulho, um uivo assustador que me petrificou em um alerta animal, em um alarme eriçado daqueles nos quais a consciência se tensiona até arrepiar os fios dos cabelos. A única coisa que consegui fazer foi pisar no acelerador e pegar o revólver, mas para isso soltei o volante e terminei em cima de uma passarela, fazendo um barulho metálico estrondoso, o único além do uivo, o barulho que fez o poste quando se incrustou entre as chapas de metal da porta de trás. Todo o resto ainda estava escuro e quieto como um palco vazio. E então veio a luz: era uma labareda humana executando uma corrida epiléptica, com movimentos impossíveis para um corpo humano e em um grito de partir o coração; corria como quem cai, abismava-se sobre os próprios pés, contorcendo-se no calor do fogo que a queimava viva e a fazia ondular com a dinâmica das chamas.

Eu a vi cair. Porque estava com sapatos de salto alto, eu supus que era um garota. Eu a vi cair pensando que não se podia olhar para tal queda sem fazer alguma coisa, e tive que pensar muito sobre isso, dois, cinco, dez segundos?, até que se tornou um imperativo para mim, até que fui capaz de me mover, pegar meu agasalho e descer do carro. Estava tão rígida que pensei que o frio da noite iria me estilhaçar como se fosse um vidro, mas isso não aconteceu, o cheiro da carne queimada pelo fogo não me estilhaçou, abraçar com meu agasalho vermelho a mulher que gemia e uivava e respirava com estertores de baleia moribunda e que rangia os dentes como os condenados do inferno de Dante não me estilhaçou, sentar-me no chão e botá-la em meu colo como se fosse um bebê para apagá-la completamente não me estilhaçou, olhar nos olhos dela que ainda estavam vivos em seu rostinho carbonizado não me estilhaçou, dizer-lhe que ficasse calma, que tudo já ia acabar, mentir para ela que tudo ia ficar bem não me estilhaçou, aproximar o cano do .38 à sua têmpora não me estilhaçou, embalá-la não me estilhaçou, empapar-me com a carne e os fluidos de seu corpo assado não me estilhaçou, e atirar nela e ficar banhada com o spray de sangue e miolos que saiu de sua cabeça também não me estilhaçou.

No silêncio da quebrada, minha bala soou como um petardo em um barril de metal, como meu coração retumbava no vazio de meu corpo: o barulho quebrou algo, como o terremoto que rasgou as cortinas do templo quando Cristo morreu. Minha mão armada se levantou como se levanta uma barreira e eu fui embora de minha vida para sempre.

O barulho da bala me lembrou do perigo, ninguém mais aparecera ainda, e eu adotei a primeira das muitas estratégias faveleiras que marcariam meus hábitos daquela noite em diante.

Caminhei até o carro sem fazer barulho, como se algum silêncio pudesse apagar o estrondo do tiro de misericórdia que eu tinha acabado de dar, e quando entrei e me tranquei toda, acelerei, botei o poste abaixo e continuei acelerando. Pelo retrovisor pude ver primeiro os faróis das caminhonetes da Crónica TV enfocando a menina e as luzes azuis dos carros de patrulha, que chegavam depois, mas não parei até Palermo, quando cheguei em casa e me vi no espelho do banheiro durante as horas que fiquei cagando como se tivesse comido a morta inteira.

Eu estava preta, tinha crostas no rosto e nas mãos, como se tivesse abraçado uma costela bem passada, e no antebraço direito o spray dos suicidas e daqueles que matam à queima-roupa, que eu vira em tantos mortos e que haviam me relatado tantos forenses para justificar suas hipóteses, aquela trama de pontos com volumes irregulares de sangue e cérebro e pólvora, e senti o medo até no sangue que me sacudia a cada pulsação. Tomei banho com uma esponja de louça e detergente, com sabonete branco, com gel de banho e com espuma. Pensei em queimar a roupa, mas não queria ver fogo nem nas bocas do fogão, então mergulhei todas as peças, até a calcinha que eu estava usando, na água sanitária, e como meu coração continuava trovejando como fogos de artifício em uma caixa-forte, tomei meia cartela de Xanax e fui para a cama e fiquei sentada com o revólver, no qual também passei água sanitária. Estava louca como Macbeth com as crostas de sangue, mas ser do século XXI tem suas vantagens: a farmacologia contemporânea anestesia o mais angustiado dos assassinos. Dormi um dia inteiro e tive pesadelos, e quando acordei escutei as mensagens de Daniel, que me contou o que sabia: ao lado da menina encontraram um papel em que estavam coladas letras de jornal, um novo gênero, disse Dani, algo como um pop bíblico e sinistro com seus tamanhos diferentes, suas diversas tipografias e cores variadas. Diziam: "O cheiro de carne queimada pelo fogo apaziguará Javé". Havia se espalhado a teoria de que se tratava de um crime de mafiosos e não sabiam a quem atribuí-lo, de acordo com a mídia. Mas todos nós sabíamos. Daniel sabia e eu soube quando ouvi o versículo do Levítico. Não podia ser mais ninguém além da Besta.

Daniel veio à minha casa e me fez uma síntese de todas as informações que tinha: a menina era paraguaia, chamava-se Evelyn, tinha dezesseis anos e havia três era procurada pela Interpol, desde que desaparecera de sua casa em Ypacaraí. Os jornais diziam suspeitar que ela havia sido sequestrada por uma rede de tráfico de mulheres brancas. Daniel tinha certeza. E eu também.

"Alguém lhe deu um tiro de misericórdia", disse ele. Eu quase não conseguia respirar, tomava uísque e olhava para as fotos de Evelyn que Dani havia tirado dos arquivos da Interpol. Tinha jurado a mim mesma manter silêncio: matar alguém, por mais eutanásica que seja a intenção, é um homicídio, e os homicídios têm longas sentenças em todas as justiças. Contar a alguém era se entregar. Mas também podia ser uma espécie de absolvição, uma cumplicidade para compartilhar o fardo da morte, um apoio, uma libertação ou uma queda nessa dimensão de voluptuosidade que nunca está ausente no ato de se entregar às mãos de outra pessoa. Não sei: talvez fosse apenas a verborragia típica da embriaguez, nunca consegui beber sem falar demais e também nunca passei por uma situação difícil muito longe de uma garrafa de J&B. Eu tinha escolhido bem o confidente: Dani me abraçou, tirou fotos Kirlian de mim para me mostrar que minha alma estava tão azul quanto antes, me serviu uísque e bebeu também, faltou ao trabalho e se pôs verborrágico, deu rédeas soltas a seu delírio místico-eletrônico, me disse que a matéria tinha quatro estados, sólido, líquido, gasoso e bioplasmático, não se importou que eu dissesse que então a água não seria matéria, porque no colégio nos ensinavam que tinha três estados, me contou que o engenheiro russo Semyon Davidovich Kirlian, em 1939, estava fazendo um experimento de eletroterapia, eletrochoque?, eu perguntei, mas ele continuou: o negócio é que o russo recebeu uma descarga quando acidentalmente tocou um eletrodo e ele só tinha uma placa de papel fotossensível e apoiou a mão lá e tirou uma foto, e quando a revelou viu que alguns halos de luz apareciam em torno de seus dedos; que essa radiação tem origem no desenvolvimento dos átomos que compõem o corpo humano, que possuem um núcleo de prótons, nêutrons e mais muitas partículas subatômicas e que em torno desse núcleo giram elétrons a uma velocidade de 300 mil quilômetros por segundo, descrevendo órbitas elípticas. Eu não lembro como, mas Daniel me explicou que de alguma maneira tudo isso se relaciona com a alma: nas cores da aura estão as da psique, me garantiu, e aparentemente tomou como certa a relação entre psique e alma. Falava com um tom cada vez mais entrecortado e gaguejante, enquanto se esforçava para manter a compostura e me mostrava minhas próprias fotos, mais azuis naquele dia do que antes de Evelyn. "O azul", balbuciava, "é a cor do bem, Qüity". Depois me mostrou fotos de sua aura ou sua alma ou sua psique, não entendi se para ele é o mesmo ou são coisas diferentes. Dava para ver algumas cores tímidas, acinzentadas em torno da silhueta da mão de Daniel. É que ele, começou a contar a quatro centímetros do fim da garrafa, também tinha matado. Mas a morte dele havia sido vingança, não eutanásia, esclareceu. Ele me pagou a confissão com confissão e ficamos um nas mãos do outro. Falou chorando, babando, bebendo uísque do gargalo, molhando o peito com o que derramava da boca: ele tinha uma filha. Era muito parecida com ele, mas bonita, disse Daniel. A menina era ecologista e católica, estudava veterinária e fazia caridade nas favelas castrando e vacinando os bichinhos de graça. Não tinha orgulho do trabalho do pai. "Não que eu precisasse", explicou. Daniel cuidava dela: tinha lhe comprado um apartamento, mandava tiras às favelas nos dias em que ela ia, até conseguiu uma legião de voluntários para ajudá-la.

Ele gostaria de passar mais tempo com ela, que morassem juntos, lamentava muito por ter perdido sua infância. Daniel não me disse o que aconteceu, mas ele não estava lá. Ela, que se chamava Diana, era uma luz. Até que um filho da puta a matou. Ele a sequestrou, torturou-a e estuprou-a até que ficou entediado e depois lhe deu um tiro. A garrafa já estava vazia e eu não podia discriminar se o que molhava as roupas de Daniel era uísque, lágrimas ou mijo, porque ele se mijou naquela noite. Embora tenha conhecido nessa época as fotos Kirlian e, com elas, a prova da existência da alma e, com a alma, a prova de Deus e do Juízo Final, ele não foi capaz de privar-se da vingança. Obviamente não foi a primeira vez que matou alguém, "mas antes eu não tinha nenhuma prova de que Deus existia, Qüity". Mesmo com provas e tudo mais, quando encontrou o filho da puta, se encarregou ele mesmo de despedaçá-lo, de forma lenta. Mas não se sentiu melhor, como me explicou: sua filha já estava morta e desde então era tarde demais para tudo.

Não falou mais. Tomou banho, vestiu um pijama que fora deixado em casa pelo último cara que tinha sido mais ou menos meu namorado, pôs suas roupas para lavar, limpou o chão, veio para o meu quarto e me abraçou como um pai a noite inteira. Foi o começo de uma grande amizade. Por muito tempo, falei só com ele e só quando nos víamos.

Pedi uma licença psiquiátrica, para a qual eu cumpria todos os requisitos, e me isolei em casa olhando para os espelhos, tentando ver em meu rosto o que eu costumava buscar nos olhos dos assassinos quando os entrevistava. Passei meses pensando naquela garotinha, naquela vida de merda com esse final de merda. Todas as histórias terminam com a morte, mas essa menina tinha sido fodida todos os dias, o dia inteiro e até pelas orelhas, tinham batido nela, tinham-na humilhado até que não sobrasse nada que lhe pertencesse, nem um pouco de tempo, nem uma dobra do próprio corpo, tinham tirado toda a dignidade dela, tudo de si mesma a ponto de torná-la uma pura exterioridade, para depois demoli-la a pauladas. Que não tinham demolido era óbvio, porque tentou escapar. Por isso o fogo: a Besta já havia feito isso com duas ou três meninas que tinham fugido antes.

Consolou-me um pouco o fato de não ter enfiado o revólver em sua boca, de tê-la ninado, de tê-la apagado e de tê-la abraçado. Ela ia continuar sofrendo, já não tinha rosto, quase não tinha pele e as infecções iam matá-la, mas não foi por isso que a matei: atirei nela porque não podia suportar tanto sofrimento, ponto final. Ainda hoje lembro com horror que ela me olhou nos olhos e agarrou minha mão esquerda com a mão torrada quando eu destravei a arma. Eu devia ter chamado uma ambulância. Mas tive medo de que aqueles que a tinham queimado chegassem, não quis desperdiçar um instante e a matei, e fui embora.

Depois falei com alguns amigos forenses e vi o corpo de Evelyn na geladeira, meio carbonizado, mas limpinho, e o que não tinha sido queimado era bonito, o corpo de uma jovem, feito para viver, como todos. Eles, os médicos, me disseram que ela certamente teria morrido, que sua mão esquerda tinha até sido separada do corpo, de tão queimada, e as vísceras haviam saído de dentro dela, de tão carbonizadas. Não sabiam com que merda a tinham queimado, seu estado era semelhante aos dos corpos que tiram de aviões incendiados. "Alguém lhe deu um tiro de misericórdia", me disse Luis, o chefe dos legistas, e me deixou um pouco mais tranquila, embora eu nunca tenha conseguido voltar para o outro lado do mundo, o daqueles que vivem fora dos pequenos Auschwitz que Buenos Aires tem a cada dois quarteirões. Evelyn foi meu *ticket to go*, meu ingresso na favela. Eu a matei e ela me tornou favelada.

8.
Qüity: "Entrei na favela"

Entrei na favela um ano e meio depois, em um dia de novembro. Era muito cedo, lá pelas oito da manhã; Daniel e eu pensamos que a irmã Cleópatra certamente havia redescoberto a manhã pouco tempo atrás, depois de abandonar a vida noturna. Tinha chovido muito no dia anterior e a favela ressuscitava depois do dilúvio; estávamos tão atolados na lama que parecíamos emergir de lá, como as primeiras criaturas do deus da Virgem que falava e continua falando com Cleópatra.

O centro de El Poso estava inundado: quando chovia não se viam os pivetes, Nossa Senhora não atendia e os caminhos do Senhor se tornavam navegáveis. O terreno se ondula de trecho em trecho, e nesses trechos a pirâmide social se torna geografia; a água cai para baixo, é lógico, e, ainda mais lógico: lá embaixo ficam as favelas. Arrasta os barraquinhos mais precários e de vez em quando afoga alguém. Tanto quanto eu me lembre, naquela manhã os restos do naufrágio eram apenas recipientes de vinho, seringas, garrafas plásticas e fraldas. Não havia cadáveres. Nós que estávamos vivos conversávamos em grupinhos, marcando o ritmo da cúmbia de fundo com os pés, enquanto esperávamos pela Irmã em meio ao esplendor do proletariado da favela, com o cabelo cheio de gel, topete no alto, cintos coloridos, roupas de marca e tênis reluzentes. Os bofes pareciam bailarinas: avançavam na pontinha dos pés sobre as pedras do lamaçal para preservar o brilho de seus pisantes. A criançada corria e brincava de pega-pega, apesar de suas mães que tentavam, vociferando, mantê-los longe da merda do chão. Alguns homens riam baixinho com a boca desdentada olhando para as mulheres, e as mulheres também riam, mas cobriam o vazio da boca com o gesto automático dos banguelas vaidosos. Eu estava refletindo sobre Deus, o pão e os que não têm dentes quando a diva apareceu suspensa no ar. Não era um milagre: os guarda-costas carregavam a cadeira de rodas para que não atolasse na lama. É necessário que fique claro que o centro de El Poso era um pântano de merda. Susana, que estava velhíssima e já não se assustava nem se surpreendia com nada, pediu que colocassem a cadeira perto das mulheres grã-finas e da estrela da cúmbia nacional, um cara da favela que permaneceu na favela, todos divinos de acordo com vários modelos de divindade oriundos de Miami.

As "irmãzinhas", ex-companheiras de trabalho de Cleópatra, iam e vinham apressadas levando lixo, trazendo cavaletes e tábuas, tudo nas costas como boas, laboriosas e maquiadíssimas formiguinhas travestis. Havia fogareiros e havia mulheres gordas ao lado dos fogareiros; dessa mistura, fogareiro e gorda, saía um aroma adorável de chimarrão e torradas, a manhã cheirava a café da manhã caseiro quando Cleópatra finalmente apareceu trazendo uns potes, "é geleia de laranja", as primeiras palavras que ouvi dela sem a mediação de câmeras e microfones, "é supercaseira, eu fiz ela com minhas próprias mãos e as laranjas são das árvores do bairro". Ela se apoiou no peito de concreto da Nossa Senhora cabeçuda e recebeu amor e presentes, encantada: ria e pulava sobre si mesma como uma criancinha, como ainda continua fazendo apesar dos pés de galinha e de todos os mortos. As duas, Cleo e nossa filha, pulam sem sair do lugar quando ficam contentes, por exemplo quando eu dou uma nova Barbie para a menina e um perfume para Cleo. Naquela manhã eu nem podia imaginar isso, mas o cheiro de lar e de Cleópatra nunca mais me abandonariam.

    Naquele momento, Cleo estava apoiada na estátua e recebia ovos, um iPhone, roupas, uma galinha ruiva, o que fez a médium da Virgem rir escandalosamente: "Ai, Gladys, vem cá ver, ela é igualzinha você, até falam parecido!". Nós todos demos risada; elas se pareciam mesmo. "Esta vai se chamar Gladina", batizou Cleo. "E eu vou ficar com os ovos", respondeu Gladys. "Ai, cê continua igualzinha, hein, achei que cê tinha se endireitado, Ruiva." Os presentes continuaram: uma camisa de seda, dez baguetes, sacos de arroz branco, uma bolsa Louis Vuitton. Cleo pulou uns cinco minutos seguidos quando a diva velha, sua madrinha, lhe deu um cachorrinho. "Ai, Su, brigada, brigada, não precisava se incomodar, como ele é divino, o que que ele é? é macho... meninas!, como que ele vai chamar? Vamos chamar de Gauchito, com a gente ele vai viver cercado de chinoca. Olha, ele tem uma coleirinha. Já tá vacinado. Melhor, porque ele é delicadinho, e aqui os delicados podem pegar cada doença!", a mística louca ficou pensativa e concluiu: "Bom, nós também, mas a gente já tá acostumado". Com um senso comum que me surpreendeu e continua a me surpreender por vir de uma pessoa que dialoga com seres celestiais, Cleo disse que Deus nos ama, que em Deus nos amamos; e que tomássemos o café; que já era hora e estava frio pra caralho, que primeiro a diversão, depois o trabalho. Rezaríamos mais tarde. Eram todos alegres e amáveis sob a proteção da Irmã. Faziam piadas uns com os outros, relembravam histórias, se reconheciam como parte de algo, eu não sabia de quê, mas também me tornavam parte daquilo. Um menininho, de uns três anos, apontou para o volume que meu revólver fazia sob o pulôver e gritou "bam!", jogou-se no chão e se fingiu de morto, rindo e esperando aprovação. Fiquei um pouco surpresa que uma criança tão pequena tivesse essa consciência, mas El Poso era o reino da eterna juventude: ali ninguém morre de velhice, mas de doenças curáveis ou tiros desnecessários. A criança se levantou rindo, eu ri com ele, fiz carinho em sua cabeça e ele se abraçou às minhas pernas. Era Kevin. Tomou café da manhã no meu colo feliz da vida, eu lhe dei uma bala que estava na minha bolsa, ele me deu um beijo e eu tive vontade de levá-lo para minha casa e dar-lhe balas para sempre, como a bruxa de João e Maria, mas não para comê-lo, e sim para que me desse beijos e ficasse sempre feliz.

Dani fez o que tinha ido fazer; com a boca cheia de torradas, tirava fotos. Estava com a câmera Kirlian conectada ao seu wrist PC, então ninguém notou sua atividade incessante. "Qüity, olhe isso aqui", ele me dizia mais ou menos a cada minuto, "parece o estreito de Messina: é a aura mais azul, e a maior, que eu já vi na minha vida", falava sobre a cor da alma de Cleópatra. "Aleluia, irmão, ela deve ser mesmo santa, então." Ele estava entusiasmadíssimo; achava de verdade que as luzes que fotografava eram sinais de almas, e acreditava seriamente na existência delas. Como prova, ele insistia em me mostrar a foto da sua, uma coisa opaca e cinza, cheia de furos pretos. É que ele é um filho da puta, o Daniel, e sabe disso. "Abençoados são aqueles que vivem em mundos legíveis", eu me lembro de ter pensado enquanto via passar a Defunta Correa[3] nos braços de uma travesti que devia ter sido leão de chácara em sua vida pregressa. Depois soube que

---

[3] A Defunta Correa é uma figura religiosa que, desde o século XIX, atrai milhares de devotos na Argentina, embora não seja reconhecida oficialmente como santa pela Igreja católica.

entre as travestis há as chamadas e as escolhidas, as arrastadas pela necessidade e as que se entregam por vocação, que já sabiam disso desde sempre e então começavam ainda jovens: nunca faziam aqueles "trabalhos de macho que acabam com o corpo de qualquer menina", como Cleo me explicou na favela, quando eu gravava quase tudo que ela dizia.

A que levava a escultura da Defunta era uma das necessitadas. A Correa devia ser obra do mesmo escultor que tinha feito a Virgem, pois também era raquítica e cabeçuda. Em poucos minutos eles eram uma maré: como em uma cerimônia fúnebre, feito múmias coloridas, os santos avançavam horizontais em cima dos ombros robustos das travestis, cariátides de tetas desmesuradas, coloridas também elas como um templo antigo. Embora estivessem vestidas com a discrição imposta por um ato sagrado em nossos tempos, as travestis da favela nascem morcegas, vivem arrumadas para a noite. Nem mesmo Cleo podia prescindir de seus brilhos colados ao corpo. Agora se sai melhor: tornou-se capaz de lutos, de tecidos escuros até os joelhos, de véus opacos, saltos baixos, tênis brancos. Mas naquela manhã, a de santos cabeçudos e raquíticos avançando como mortos para uma pira funerária nos ombros de meninas exuberantes e fortes como touros, ela ainda não saíra do mundo da necessidade, não havia experimentado a riqueza, não tinha aprendido a discrição, esse atributo ostentado por alguns tipos de poderosos.

Não é exagero: a Santa Virgem e todos os seus santos pareciam sarcófagos de gesso feitos sob medida para desnutridos ou extraterrestres, desses que dizem que a Nasa esconde em algum lugar deste lindo país. Era evidente que tal deformidade se devia à falta de habilidade do escultor, mas também é óbvio que a deformidade pode ter sido outra — pernas grandes como as dos patagônios ou corpos gordos ou altíssimos ou cabecinha pequena, para enumerar algumas possibilidades, de modo que fica a questão: por que corpos tão frágeis e cabeças tão exorbitantes? Seria alguma forma de realismo faveleiro? Talvez o escultor estivesse dizendo que era na cabeça e em nenhum outro lugar que residia o reino dos céus, onde os primeiros serão os últimos e os últimos, os primeiros. Ou que a desproporção era necessária para expressar a esperança dos pobres, tão ofendidos, tão maltratados e tão humilhados e ainda assim tão dispostos a acreditar que há salvação para eles: o escultor, as travestis, as minas, as gordas desdentadas, os pivetes, os pedreiros, estavam todos reunidos ali em El Poso convencidos de que Nossa Senhora ia protegê-los.

Dani e eu olhávamos para tudo com uma ironia um pouco besta. Levei meses para perder essa perspectiva; o panteão faveleiro foi uma festa para o par de idiotas que ele e eu éramos na época. O Gauchito Gil,[4] de chiripá vermelho, suscitou em nós comentários como estes: "Mas ele foi canonizado?". "Acho que não, Dani; a Igreja, quando canoniza ladrões, prefere aqueles que roubam dos pobres." "Você está certa: até Jesus disse isto, a César o que é de César." "Sim, mas César estava vivo e com certeza tinha alguma ideia do que fazer com as moedas. Mas San Martín, Roca, Mitre e Sarmiento, o que caralhos queriam fazer com o dinheiro? Nos trens é que não gastam, não sei se você entrou em algum deles nos últimos tempos."[5] Catarina de Siena, padroeira de Roma, tinha sido es-

---

[4] Figura religiosa muito cultuada na Argentina, protetor dos mais pobres, camponeses e caminhoneiros.

[5] San Martín, Roca, Mitre e Sarmiento são personalidades da história argentina impressas nas cédulas de 5, 100, 2 e 50 pesos. Além disso, dão nome a algumas linhas ferroviárias do país.

culpida com todos os seus atributos: chupava uma panturrilha alheia que parecia uma pata de galinha, mas era arrematada com um pé de cinco dedos muito humanos. "Era antropófaga, Dani?" "Não. Está vendo que tem uma folha de alface também? Ela não comia mais nada; a aliança que ela usa era o prepúcio de Cristo, que, segundo a santa contava, Ele mesmo lhe deu quando a tomou por esposa. Dizia ela que o casamento tinha sido musicado pelo rei Davi e que a Santa Mãe tinha presidido a cerimônia."

"E ela está chupando a perna de quem?" "De algum doente, chupava o pus das feridas para se familiarizar com as chagas de Cristo, seu marido." "Oh, *l'amour*."

São Pantaleão era uma espécie de monumento ao torturado. Dani, que também sabia dessa história, me contou: "Era um médico filantrópico que cuidava dos pobres. Converteu-se ao cristianismo, foi pego pelo romanos e lhe aplicaram o procedimento de rotina para seitas heréticas. Mas as coisas se complicaram: primeiro tacaram fogo nele e nada, o santo parecia feito de amianto. Optaram por chumbo derretido e o médico o sacudiu de cima dele como se fosse areia. Devem ter pensado que, se o fogo não funcionava, talvez a água, porque o enfiaram por dez horas de ponta-cabeça em um tanque. O filantropo saiu cantando salmos. Atiraram-no aos leões, o número favorito dos romanos da época, e os bichos o vomitaram inteirinho; foi torturado na roda e se dobrou, mas não quebrou; enfiaram uma espada nele, e o galeno nada, como se estivesse tomando café da manhã. Os oficiais romanos insistiram: bem sabiam que o Estado que não executa suas punições é um Estado morto. Quando tentaram decapitação, a cabeça foi separada do corpo e então Pantaleão morreu, mas os milagres não acabaram: de seu pescoço não saiu sangue, e sim leite. O que não impede, veja só como os milagres são contraditórios, que no Real Mosteiro da Encarnação de Madri haja uma relíquia de seu sangue, que se liquefaz durante os aniversários do martírio do seu primeiro proprietário."

São Malverde, com papelotes até no cu e armado tipo Rambo. Desse eu conhecia a história: "Ele é o padroeiro dos narcos mexicanos. Deve ter feito algum milagre porque todas as mulas pedem proteção a ele antes de entrar com a farinha nos Estados Unidos. Canonizado eu acho que ele não é, mas nem por isso é menos eficiente: da última vez que fui para Nova York quase me transformo em uma estátua de gesso, metade da cidade estava branca de tanta neve, e isso porque era verão".

Enquanto Daniel e eu conversávamos, Kevin continuou comendo tudo o que havia na mesa, que era muito. Barriga cheia, coração contente: de vez em quando ele mostrava a pança e ria. A cúmbia estava tocando, a criançada dançava com Gladys, a Ruiva que parecia a galinhazinha, os demais gritavam e riam. Aquele café da manhã místico parecia um casamento de bêbados. Não sei o que eu tinha imaginado, ou se eu tinha imaginado algo, mas com certeza nem me passara pela cabeça essa espécie de quermesse de cidadezinha. Quando até Daniel estava mexendo os pés, baixaram a música e foram se dirigindo para o centro do descampado, limpo como um living burguês depois do trabalho das irmãzinhas. Cleo se instalou de novo ao lado da estátua. Quando entrei na roda de santos de concreto, fui surpreendida por uma espécie de bonecona com armadura. Daniel confirmou minhas suspeitas: "Sim, é Joana D'Arc", e sim, ela era meio trans também. Os ingleses a queimaram depois que ela quebrou o juramento e voltou a se vestir de homem... era um deus mais antigo o daquela época, parecia Zeus, tinha simpatia pela França e queria que o imbecil do Carlos VII fosse rei a todo custo. Para isso, e para que ganhassem algumas batalhas, enviou algumas vozes para aquela mocinha que se transformou em um general impressionante. Nem lhe passou pela cabeça acabar com a Guerra dos Cem Anos, parece que era divertidíssimo, da mesma forma que seus primos, os olímpicos, se divertiram em Troia.

9.
Qüity: "Todos rezavam"

Todos rezavam. Sabiam de cor a oração e a proferiam em voz alta, olhando para baixo. Eu me afastei um pouco. Também conhecia a oração, mas nunca a rezei, nem mesmo então. Lembro-me da impotência de me juntar ao coro que tomava o ar da favela e o preenchia daqueles "Ave-Maria, cheia de graça" que entravam nos barracos através dos furos das chapas de metal, dos "bendita sois vós" acariciando as latas com gerânios e os "rogai por nós" entre tudo o que nasce e se decompõe com a impudicícia da vida em El Poso, "agora e na hora de nossa morte, amém". Cleo continua jurando que Nossa Senhora cumpriu sua parte e que rogou e continua rogando por aqueles de nós que morreram. Elas não me enganam, nem Cleo nem sua Virgem: Deus é uma invenção antiga, feito à imagem e semelhança de um tirano e, como um tirano, dá rédeas soltas à sua fúria quando a sente. E não há súplica que valha.

"Oi, tia", apesar das roupas de lycra com estampa de oncinha que deviam estar sufocando-a e do vinho e das pílulas que lhe dificultavam a dicção, Jéssica não perdia a compostura. "Agora que estamos todos aqui, vamos começar", Cleópatra disse, e foi aí que eles começaram e eu pensei que não iam acabar nunca. Até Daniel rezou. Até Kevin. Balbuciava trechos da oração de vez em quando e olhava para mim em busca de aplausos. Não acontecia nada além disto: eles rezavam e eu os escutava. Me espantava que eles não soubessem que os "Ave-Maria" não eram ouvidos por ninguém além de mim. Depois entendi: nenhum deus iria escutá-los, mas eles juntos se escutavam e essa união era a força, e isso de que "os irmãos devem se unir, porque essa é a lei primeira" na Argentina até os analfabetos sabem.

Depois de um tempo, parei de pensar e deixei-me levar pelas ave-marias, e me lembrei de mim em minha época de Deus. Uma garota de túnica branca com cabelo comprido, ondulado na testa, o banquete de comunhão, fazia muito calor. Eu tinha esperado algo que não aconteceu, não sei bem o quê, algum tipo de êxtase. A hóstia me decepcionou como alguns anos mais tarde me decepcionariam as drogas, embora eu insistisse mais com o pó do que com Deus. Questão de literatura: durante bastante tempo foram mais acessíveis para mim os beatniks do que Santo Agostinho. Era um dia muito quente, acho que era um 8 de dezembro, dia da Imaculada Conceição. Minha mãe fez uma festa de comunhão, como era o costume. Vieram minha tia, meus primos, os vizinhos, não sei quem mais; eu podia ter perguntado à minha mãe, mas não tinha o mínimo interesse. O que eu sei é que nunca entendi nada de catecismo: se era Deus, como ele deixava que fizessem isso com ele? Sou um animal mais primitivo do que Deus, não consigo entender como alguém que tem o poder de impedir a tortura possa ser levado a ela por livre e espontânea vontade.

"Isso é ruim", tive de dizer a Kevin, que parecia disposto a se enterrar na lama e me tirar de minhas reflexões. "Você não pode enfiar as mãos aí, é nojento." Pensei que ele ia chorar, fiz uma bolinha de papel e o menino começou a chutá-la. Nunca falha. A santidade, para mim, era tão obscura quanto o catecismo: tive até vontade de ser missionária na África, mas foi mais pelo Tarzan e pelo prestígio de viajar pelo mundo do que para agradar a algum deus inútil. A morte estava muito longe de mim, e Deus deixava muito a desejar como interlocutor. Acho que não voltei a desejar tanto a ponto de precisar construir alguém a quem pedir isso. Não sei por que certas coisas são lembradas e outras não, nem como se encadeiam as associações, mas tenho certeza de ter sentido, no exato momento em que estava pensando em desejo e em Deus, um perfume, o de Jonás, meu dealer e meu amante. E me lembro da febre do desejo, "Cê tá na minha mira", ele disse, "Atire em mim, então", respondi: os diálogos não eram nosso forte. Ele me abraçou pelas costas, e o corpo dele também pulsava: "Cê não pode baixar a guarda assim". Às vezes posso, há uma felicidade no corpo, às vezes. O que ele estava fazendo ali?

— O que que cê tá fazendo aqui? — ele perguntou primeiro.

— Vim conhecer a Cleópatra.

Eu estava feliz em vê-lo, não conseguia tirar minhas mãos de cima dele toda vez que o encontrava. Kevin nos resgatou quando estávamos prestes a nos atirar naquele lama de merda para trepar sem nos preocuparmos com a pequena multidão que continuava rezando ave-marias. "Água", ele disse. "Cê quer coca-cola, Kevin?", o menino sorriu, "Coca", e Jonás lhe deu a latinha. "É minha tia, a Cleópatra."

— Que família mais religiosa! Sua mãe também era meio mística, não era?

— Sim, mas a Cleópatra é irmã do meu pai.

— Ele deve estar orgulhoso.

— Agora sim. Antes dizia umas bostas tipo "nesta família a gente pode até ser drogado, mas baitola não". Na noite do milagre, tinha um cara lá na delegacia que trabalha com ele, que depois contou tudo que aconteceu e o velho ficou pensando. "Cleópatra, a travesti de El Poso", declarou depois de um tempo, "tinha que ser o viadinho do meu irmão Carlos Guillermo". Ele ficou muito impressionado, veio se desculpar com ela e propor vingança contra aqueles que estupraram ela. A Cleópatra explicou que não, que é preciso perdoar, que ninguém tinha arrancado nenhum olho dela, e os dentes, esses ela já tinha perdido fazia muito tempo. Que bom que ela não aceitou a vingança, o velho falou sem pensar, nem a pau ia poder estourar uma delegacia inteira com detentos e tudo mais.

Lembro-me, com a leve incredulidade que vem da lembrança de amores passados, de que o pau de Jonás era um norte para mim. Meu corpo era atraído para o dele com uma certeza de bússola, de água que cai. Kevin de novo, chorando porque a coca-cola caiu. Fomos comprar outra. "O Kevin também é sobrinho da Cleópatra, é filho da Jéssica." "Sobrinho-neto, então." Não éramos um comercial de margarina, mas parecíamos uma família feliz, nós três indo até a vendinha.

Um grito agudo de Cleópatra interrompeu o choro de Kevin, nosso caminho e o coro religioso. Voltamos para o coração do descampado, para o silêncio cujo epicentro era a figura de Cleo ajoelhada na lama com os braços abertos em pleno diálogo com o além. Nós, é claro, só ouvíamos sua parte.

— O quê? O que estais falando, Santa Mãe?

— ....

— ....

— Não, não vos entendo bem. Nós semearemos, mas onde vamos semear? Aqui não temos muita terra, a menos que nos mudemos, é claro. Explicai-me, mãe de Deus.

— ....

....

....

....

— Mas nós também não temos água, pela Santa Virgem!
— ....
....
....

— Perdão, perdão, bondosa e clemente vencedora da serpente, vou ficar calada, vos juro.
— ....
....
....

— Ai, não, não vou mais jurar em vão, por favor, falai comigo, minha mãe.
— ....
....
....
....
....

— Sim, acho que eu entendo, ó gênia divina. Peixes, é claro.
— ....
....

— Claro, peixes. Peixes aqui em El Poso. Seremos pescadores, mais ou menos como os apóstolos, minha mãe?
— ....
....

— Eu serei vossa Pedra, levarei sobre as costas o peso da vossa igreja. Ave Maria, cheia de graça, o Senhor é convosco...
... bendita sois vós entre as mulheres e benditos todos voltaram a rezar, dominando a curiosidade por medo de que Nossa Senhora se irritasse ou que Cleo se irritasse, e a enorme carga de esperança levada pelas vozes de todos naquela manhã se frustrasse. Havia algo de sagrado no momento.

— Eu vos agradeço, mãe, mas como é que se faz?

— ....

....

— Ah... Sim, tendes razão, que bosta que eu sou, desculpai-me, que tonta, temos que chamar um engenheiro. Graças, Virgenzinha, como sois boa, além do mais pensais em tudo!

A pergunta nos irmanou em silêncio, pude participar disso, fui parte do questionamento da comunidade até que um novo grito quebrou o silêncio. Não há dúvida: a fé, quando é grande, se expressa aos gritos.

— Ai! Ai! Ai! Não posso acreditar! Deus existe! Olhem para as minhas pernas!

A cadeira parecia elétrica: Susana Giménez chutava, gargalhava e gritava: "Eu vou andar, eu vou voltar pela escada de mármore, obrigada, Virgenzinha, obrigada, Cleo, diviiiiina!".

10.
Cleo: "... a água começou"

Naquele dia a água começou, meu amor, como a gente parecia uma Veneza lá na favela, minha vida!, como era lindo o lamaçal, mas isso foi mais tarde e eu quero manter uma ordem e não andar pelas beiradas, como você, que parece que mais que contar uma história tá contando uma árvore. Cê vai pelas beiras, Qüity, e ainda por cima pula umas partes: a única coisa que importa aqui é que a nossa história começou quando a santa me disse que a gente tinha que ser pescador como os apóstolos. Que diva, a Susana! A Virgem tinha feito o milagre e ela já tava com a manchete pra imprensa, a louca uivava, parecia uma ambulância geriátrica da Barbie, interrompeu minha conversa com a mãe celestial, eu lembro que fiquei putaça com os gritos, mas o Ernestito, que eu tinha batizado, "a partir de hoje cê vai se chamar Galo e com a tua crista vai tomar conta do galinheiro", ele me disse que a Susy tinha ido embora jurando que ia me levar pra trabalhar na televisão.

Eu esqueci de tudo e a garota que eu era ressuscitou de felicidade, via que eles tavam todos olhando pra mim caladinhos e então o Ernestito voltou a falar comigo, me disse: "E?". "E o quê? Eu vou ser uma estrela, Galinho fofo!", eu disse sorrindo com todos os meus dentes como eu sorrio agora, só que agora eu sorrio melhor por causa desses implantes branquíssimos que eu fiz, e foi a Ruiva que me disse: "Não, sua tonta, a gente quer saber o que que a Nossa Senhora te disse", e então eu comecei a falar, escreve isso aí, que é a explicação da Virgem, não qualquer bosta que te der na telha: que era pra gente usar o descampado pra fazer piscicultura, isso que ela disse. Que é como a agricultura, mas com peixes. Isso é feito faz muito tempo, já uns quinhentos anos antes dela nascer, uns quatrocentos e oitenta e cinco antes de ter Jesus. Que não era pra eu ficar pensando que, só porque ela era virgem, ficou lá de boaça, que parir ela pariu com dor como qualquer uma, foi como cagar uma melancia, ela diz que foi assim. Pobrezinha, tão boa que ela é, mas a Bíblia diz isso, né? E tudo tinha que ser como tava escrito, ela me explicou. Ela me deu a Bíblia pra ler. É enorme de comprida. Perguntei se ela não podia enfiar na minha cabeça de outro jeito, ela que faz tanto milagre em todo lugar, mas não, ela diz que é preciso trabalhar pra que Deus veja que a gente tá se esforçando e recompense a gente. Eu lembro que gritava: "E eu nem comecei e já tá me recompensando, trabalhar na tevê!, dizem que engorda, vou parecer uma baleia?". O lance da baleia levou a Ruiva a recordar dos peixes, então ela me interrompeu: "Cleo, e a piscicultura?". E o marido dela, o Ernestito, que tinha levado o negócio de ser Galo a sério e queria pôr ordem no galinheiro, acrescentou: "Prestenção, Cleo, a gente quer saber dos peixes". Eu lembro que fiquei com raiva e armei o barraco, disse meio assim, "que puta egoístas de merda que cês são às vezes! Mas tá limpo, eu gosto de cês tudo, bom, a coisa da piscicultura é como plantar peixe. Não olha pra mim com essa cara, cê enfia os peixes n'água, joga comida lá pra eles e os bichos se reproduzem. O que a gente tem que fazer é um reservatório aqui no descampado; acontece que ele inunda porque a terra é muito barrenta, é pura lama, cês tão vendo? E isso quer dizer que pode reter água. E que a água a gente pode tirar de baixo, bem do subterrâneo, cês perguntem praquela mulherada da Espuela que teve que tirar os playrooms dos porões porque a água inundava tudo, a Virgem disse que rezaram muito pra ela pedindo pra acabar com a inundação". E aí veio a sra. de Alagarquetea, cê lembra daquela velha, Qüity?, confirmando minhas palavras: "É a pura verdade, querida, uma vergonha; a mesa de bilhar do meu marido, que o tata-tata-tataravô dele tinha trazido, o vozinho Marcelito T. de Alvear, faz duzentos anos de Paris, ficou arruinada. Imagine só que perda. Por sorte a espada do meu tata-tata-tataravô, Justo José de Urquiza, a que ele usou em Caseros para derrotar o tirano, estava na minha escrivaninha, porque se estragasse eu morria, uma relíquia do heroísmo argentino! Um pedaço da história! Isso pra que vocês vejam que não são os únicos que sofrem com as inundações, a água afeta a todos nós do mesmo jeito. Meu marido tem uma empresa de construção, ele é engenheiro, se eu lhe digo que é coisa de Nossa Senhora com certeza nos ajuda a construir o lago. Que peixes temos que cultivar, minha querida?".

"Queridinha", eu lhe disse também, "é verdade que a água inunda todos nós, mas cê tem que se tocar que não é a mesma coisa perder uma mesa do tataravô e perder o próprio vô debaixo d'água, são diferentes tipos de antiguidades, cê tá entendendo?" Ela fez uma cara de que entendeu que havia alguma diferença, então eu continuei: "Daqueles que tem no Parque Japonês, ela diz pra gente criar aqueles, como que chamam? Raias? Harpas? Parcas? Carpas! Sim, são maravilhosas, tudo alaranjadinha e vermelha, acho que com manchas brancas, não lembro muito bem, cê lembra, Ernestito? Quando a gente era pequeno, pulava o muro e entrava no parque pra ir dar de comer pra elas, que comem qualquer porcaria, o que a gente comia jogava pra elas, cachorro-quente, choripán, e elas comiam com chimichurri e tudo. Se a gente enfiasse a mão na água, elas chupavam todos os nossos dedos". "Claro que a gente lembra, Cleo, mas por que carpas? A Virgem te disse?", perguntou Ernestito. "Mas cês são uns chatos do caralho. E eu vou lá saber por que carpas, são uns peixes lindos, que merda que cês querem, que a gente crie golfinhos aqui no meio do descampado? A Virgem disse carpa, não falou tubarão nem baleia, cês parem de me encher o saco. A gente não pode ficar questionando cada palavra que a Santa Mãe diz."

11.
Qüity: "No húmus sem igual"

> *No húmus sem igual*
> *deste pampa singular*
> *começamos a cavar*
> *e nos brotou um manancial:*
> *mais forte que hidrante,*
> *melhor que gás hilariante,*
> *fonte de água mineral*
> *milagroso e refrescante*
> *como las waves do Jordão.*

O jato estourou as entranhas da terra, quebrou o tecido de ossos, raízes, mortos e vermes: foi um festival de lixo antigo e arqueologia contemporânea. Lá em cima, onde o jato não podia mais continuar a subir e se derramava sobre si mesmo, flutuaram durante vários dias dois canhões, uma bacia, um jornal, uma panela, uma cruz de ouro e pedras, e uma lata de óleo. Tinham sido parte das coisas que Liniers trouxera do Uruguai para lutar com os ingleses, soubemos disso quando vieram os arqueólogos da faculdade com escadas enormes e conseguiram tirar do jato o que, na sua opinião, era deles. Curiosamente, disseram, só foram achados elementos do início do século XIX, final do XX e início do XXI, como se por quase duzentos anos ninguém tivesse parado lá, como se ali fosse apenas um caminho de passagem, ou o povo da favela houvesse acampado em uma rua, ou a favela fosse uma espécie de piquete permanente. Que a favela era bastante moderna se via nos materiais das casas, disseram outros, e a isso Cleo sensatamente objetou pedindo que eles não dissessem merda, que os materiais eram sempre mais ou menos novos porque de vez em quando um temporal varria tudo, que a miséria não se fazia com as mesmas coisas que o Taj Mahal, que onde caralhos eles tinham visto ruínas das favelas do Império Romano, que a miséria apodrece, queima e voa, será que eles não se lembravam da sra. Berreteguy Lady, que tinha morrido decapitada por uma chapa voadora do teto que foi cair justo em seu jardim de inverno, a única parte não blindada de toda a mansão. O resto do que tinha sido levado pelo vento naquele dia se chocou contra as casas dos proprietários, que reuniram tudo e doaram para a caridade, e aí se armou uma confusão da porra porque a Igreja repartiu as coisas como quis, sem respeitar a propriedade pré-temporal, com certeza para evitar polêmicas sobre sua ingerência nesse terreno, o do temporal, digo, já se sabe que foi motivo de muita luta entre os seculares e o clero. Agora, quando há temporal, eles fecham as portas do templo, guardam os sinos e vão ver tevê. Os canhões tinham tantas inscrições como as rochas de Mar del Plata: "Real Armada Espanhola", "Ingleses Sodomitas", "Viva o Rei", "Realista até a Morte, mas não Naturalista", "Se for Napoleão, Vá Para Outro Lugar", "Soldado que Foi Serve Para Outra Batalha" — todas legíveis a olho nu. Os carinhas da arqueologia entraram pisando duro para levar o que eles achavam que era deles. Obviamente se enterraram na lama sem fim que serviria de base para o reservatório e apenas tivemos que rodeá-los e olhar fixo para eles para que entendessem que qualquer coisa que encontrassem era nossa. Voltaram no dia seguinte com uma mesa de armar e estudaram nossas relíquias in situ; nenhum grêmio estudantil perdoaria a direção acadêmica por uma aliança com as forças repressivas, e tínhamos vários estudantes militando e nos pesquisando na favela. O jato não parou nunca, ainda hoje eles dizem que apodrece as fundações do bairro grã-fino que o Chefe construiu; nós simplesmente o contivemos, o jato, com paredes e fizemos um dreno que emendamos com a boca de lobo mais próxima, "uma água lava a outra e as duas vão pros esgotos", disse John-John, que nos momentos em que não trabalhava de força repressiva nos ajudava, arrependido como estava de seus pecados de antes, "cê não sabe, cara, as novinhas que eu comi, mas Deus me castigou porque trepar com as minas que não querem é uma violação dos direitos humanos que ensinam pra gente na escola", "Sim, John-John, violar é errado", "e o pintinho parou de cantar e morreu, ficou dez anos mudo até que a Cleópatra me perdoou e aí que a coisa ficou linda, parecia um pintassilgo!, um pinguim parecia!, será que os pinguins cantam?, os pinguins existem? A patroa tá esperando um bebê agora, que a gente vai chamar de Diego Maria, Diego pelo Camisa 10 que tinha acabado de fazer setenta e cinco no dia que a Jénnifer Teolinda me disse que tava grávida, e Maria por causa da Virgem", "e se fosse menina?", "A gente chamava de Maria Dieguina", John-John dizia e gargalhava com todos os seus dentes postiços, que ele tinha comprado parcelado pelo convênio Sangre Azul. Pobre John-John, desde que tinha voltado a acreditar na Virgem ficou com uma mão na frente e outra atrás, "nôu wey, José", dizia de tempos em tempos, "cê não pode ganhar dinheiro sem cometer alguma violação às leis de Deus sendo policial, o salário que te pagam não é suficiente pra viver na linha, mas eu não violo mais ninguém — mas também não posso dizer que alguém me pagava pra isso", dizia ele e agarrava a pica para salvá-la de tentações e castigos. Acrescentamos mais uma comissão a todas as que já tínhamos, travestis, paraguaios, pivetes, peruanos, evangélicos, bolivianos, ucranianos, portenhos, católicos, putas, correntinos, umbandistas, catadores, santiaguenhos e todas as combinações possíveis; a nova comissão histórica se encarregou de trabalhar com os arqueólogos, que estavam felizes em poder ensinar sua ciência para a comunidade e a comunidade, encantada em aprender algo que não fosse um curso ofertado visando a oportunidades de trabalho, oportunidades tão difíceis que mesmo Teseu com seu fio nunca teria encontrado: corte e costura, informática, bricolage, tricô, alimentação saudável e o resto de idiotices que nossos governantes achavam que a gente da favela precisava conhecer. Foi um frenesi, coisa de cavar e tapar e levar caixas daqui para lá e dividir o terreno em quadrados perfeitos com fiozinhos e então aí sim começaram a aparecer coisas de todas as épocas, especialmente ossos, ossos de mortos, é claro, "deve ser por isso que a fertilidade dos pampas nunca termina", disse Daniel, e Jonás disse que sim, "como a colheita das mulheres", lhe disse e saiu cantando, e Daniel riu: "que tontão esse seu namorado" e "sim", disse eu, "a especulação teórica não é seu forte", e enquanto conversávamos enfiávamos os ossos dos mortos em sacos e isso era feito com luvas e com pincéis, "que mortos mais loucos/ os ossos saltam como piolhos", cantávamos às vezes enquanto brincávamos com os antropólogos forenses, que também vieram e ficaram fascinados. Tínhamos mortos do interior e do estrangeiro, mortos de todas as cores, mortos mutilados pela última ditadura, mortos armênios do genocídio que ninguém lembra, mortos de fome dos últimos governos democráticos, mortos negros de Ruanda, mortos brancos da época da revolução em São Petersburgo, mortos vermelhos de todas as revoluções em todos os lugares, até um dente de Spartacus encontramos, mortos do tempo dos unitários com uma espiga enfiada no cu,⁶ e mortos indígenas sem orelhas, daqueles tínhamos um montão, era dos que mais havia, "eles são as raízes da prosperidade do celeiro do mundo", eu disse, e os antropólogos riram: "Estão bastante secos, né? Não lhes restam nem mais raízes". Quando levamos o dreno do reservatório para a boca de lobo, vários mortos chegaram ao mar, e quem sabe se não terão acabado em suas terras de origem ou emigrado; talvez seja assim que os mortos viajam.

Cleo interrompeu o trabalho: "Já tô cansada de pisar nesse cocô todo, não tem sapato que aguente com esse monte de merda, todos estragam, até os melhores; olha os Sarkany que a Susana me deu, usei eles só duas vezes e na terceira uma merda verde me engoliu eles, sério, tô te dizendo, sei lá que que aconteceu, parece que um tigre pegou eles, além disso a molecada que mete tudo na boca aqui já nasce chupando merda"; e propôs: "Por que a gente não instala uns tubos e joga tudo pra fora desses muros? Eu perguntei pra Virgem e ela disse que tudo bem, que não era higiênico viver assim e que ela só se lembrava de uma coisa parecida com isso em Avignon, uns seiscentos anos atrás, quando o papado tava lá, ela me disse, e até o tontão do Petrarca reclamava de toda aquela merdalhada. Cê sabe quem era o tontão do Petrarca, Dani?" "Sim", respondeu Daniel, e começou a recitar: "Dá as mãos ao fatigado engenho/ Amor, e ao frágil e cansativo estilo,/ para

---

6 Os unitários eram um grupo, criado em 1816, que defendia um governo liberal centralizado na cidade de Buenos Aires. A organização parapolicial La Mazorca (espiga, em espanhol) aliou-se aos unitários em sua luta contra o governador Rosas na década de 1830.

cantar àquela que se tornou/ imortal cidadã dos céus". "Ele escreveu isso pra Evita?" "Não, para a Laura, estava apaixonado por uma Laura, o tontão do Petrarca." "Ah, era romântico ele! Será que a Virgem acha que os românticos são tontos?" Daniel e Cleópatra podiam ficar conversando durante horas, eles sempre achavam assunto.

12.
Cleo: "Eu sei"

Eu sei como cês se conheceram: o Daniel me contou, bebeia, que que cê acha, cê fala sempre como se fosse a única que já teve gente que se apaixonou por você. Eu também tive: o padre Julio e o Daniel. Sim, Qüity, eu sei o que que cê vai me dizer, que a Igreja e a polícia queriam me foder. E sim, eles foderam, mas isso não saiu de graça pra eles. Ah, tá bom, nem sei como que funciona isso aqui direito, mas eu tô te gravando e meio que escuto o que cê ia me dizer se eu te dissesse na cara: cê fica com raiva de qualquer coisa, vida da minha alma, como se cê não soubesse que antes da Virgem eu era puta. De que merda cê acha que a gente que é travesti vive, meu amor? Cê acha que é que nem um anúncio pra secretária no jornal, que cê vai e eles dizem "bem-vinda, senhorita"? Cê já viu alguma travesti trabalhando em empresa, hein? Um que gostava de ser chupado pela Ruiva era o chefe Juárez, que o Daniel apagou, minha vida, e cê viu isso e, como não fez nada pra impedir, é como se cê tivesse matado também, Qüity, eu passo o tempo orando pra Virgem pra ela pedir a Deus que te perdoe, mas ela diz que Deus não gosta de gente que faz justiça com as próprias mãos, mesmo que às vezes ela entenda, se for em nome de Deus, mas que cê não matou ele em nome de Deus, mas no seu nome, Qüity, diz a Virgem Maria, e acho que eu vou ter que rezar pra ela até os oitenta anos. Eu sei que cê não atirou com as próprias mãos, mas cê sabia que o Daniel ia matar ele e não me disse nada, eu ia ter convencido ele a vir pra cá e não matar o filho da puta do Juárez. E você, nada, não me disse uma palavra, porque na certa cê pensou que ia ficar melhor no teu livro que alguém matasse aquele pedaço de merda e cê não tem imaginação, cê precisa que as coisas aconteçam pra conseguir escrever elas.

Então eu tenho que rezar pra Virgem por você também todos os dias e ela não quer saber de nada. E cê não começa a me xingar quando ouvir o que eu vou te dizer agora: eu também sou a mãe e tenho direito de transmitir a minha fé pra minha filha, cê tá entendendo? Se a menina acredita tanto em Deus, será que é porque ela fica comigo e cê nem dá bola pra ela? Mas, de qualquer jeito, a Cleopatrita também reza por você e fala com a Virgem, ela gosta de crianças, por algum motivo ela é mãe da humanidade, e Jesus também, cê viu que ele mesmo disse isto, "deixai vir em mim as criancinhas", ele não disse isso? Ele disse "a mim", é? O padre Julio me ensinou errado. Certo, a gente tava falando do Dani. Eu sei de uma coisa que cê não sabe. Escreve isso, mas escreve do mesmo jeito que eu tô falando. Ele te salvou no dia que cê matou a menina que a Besta tinha queimado, aquele tremendo filho da puta, o empregado fodão do Chefe. Não sei por que que ele te salvou. Ele te conhecia, gostava de você, parece que cê parecia com a Dianita, a filha dele, naquela noite ele tirou uma foto de você, amor de todas as minhas vidas, a foto que eu guardo na minha carteira junto com a da Cleopatrita. O que cê diz que é uma mancha de tinta é a tua aura, porque cê pode até ser descrente, mas no fundo tem uma alma boa.

Ele tava lá, na favela, tirando fotos de auras e esperando encontrar um novo Messias, ou não sei muito bem o que ele tava esperando encontrar, ele não é uma alma boa mas queria encontrar o bem; de qualquer jeito, acho que ele quer ser vigilante do paraíso ou alguma coisa assim e parece que não tinha encontrado isso lá no condomínio que ele morava em Quilmes, aquele fechado onde ele tinha tipo uma mansão, cê viu a casa que esse maluco de merda tinha, era uma beleza, tudo brilhava nela, até os panos de prato eram uma brancura doida que só. O Daniel dizia: "Tudo brilha, menos a minha alma", e eu acredito que ele tava procurando uma boa causa pra ter a alma escura, "não posso ter uma alma luminosa se mataram a minha filha"; ele tava convencido, ele me disse um dia chorando. Queria ser como do exército de Cristo, mas não podia porque ele não acreditava cem por cento. Ele às vezes me dizia: "Pra ser um cruzado, falta pra mim a fé". E sim, cê tem razão quando diz que com fé ou sem fé um cruzado é um carniceiro, mas sem fé é pior que pior, Qüity.

Não sei por que diabos o Daniel gostava da gente, também não sei o que que cê tanto gostava da gente, mas tenho as minhas suspeitas, pra você a gente era as tuas galinhas dos ovos de ouro; pra ele não, ele nem queria grana, e ser famoso menos ainda, ele andava pra todo lado com aquela maquininha que ele tinha, procurando por boas almas que vai saber pra que ele queria elas. O Dani dizia que a maior aura que ele tinha visto era a minha e depois vinha a tua, que quando cê deu o tiro de misericórdia naquela menina cê lançava raios como um cometa, que nunca mais te viu brilhar assim, que com o Jonás por perto cê ficava mais avermelhada, minha amada, mas ele nunca tirou uma foto tua comigo dentro de você, porque em vez de avermelhada eu já te vi vermelhona como uma brasa acesa, bucetuda como cê é, ai, se ele soubesse.

Ai, desculpa, o meu celular tá tocando, eu tô desligando, como toca essa porcaria, parece um alarme, pronto, vou continuar ditando pra você, Qüity, me grava direito, olha que depois eu vou ler o que cê escreveu.

O negócio é que ele te viu na tela da câmera Kirlian e de repente apareceu quando cê saiu correndo, daí ele parou os caras da Besta, mostrou o distintivo de tira e disse pra eles: "Vão procurar ali, que o cafinfa queimou ela", quando a Crónica TV já estava filmando com as câmeras de tevê e eles não entenderam por que aquele cara tava fazendo aquilo, mas como eles viram que ele não acusou ninguém, decidiram seguir o trem e se fazer de justiceiros. No momento que os tiras chegaram eles já eram os heróis da semana, a menina nem soltava mais fumaça e cê tava na tua casa dormindo, claro, eu te conheço, transformada em avestruz depois de um coquetel daquelas pílulas que cê toma quando não suporta a pressão. É por isso que ele te deixou mil mensagens na tua casa, ele queria saber como cê tava, e pra te confortar ele se ofereceu pra ver todos aqueles vídeos proibidos pra todos, exceto pra eles, e você, que nem liga pra essa merda toda porque cê não tem a mínima curiosidade, naquela época cê tinha ambição, cê pensou que tava com a notícia do ano quando ele te falou de mim, cê sabe que eu sei, foi isso que cê gostou na gente no início. E eu não tô muito certa de que mais tarde cê gostou de outra coisa, ahh, tá, acho que sim, cê se apaixonou por mim também, cê me ama, do teu próprio jeito. E vê só: cê conseguiu a melhor história, a melhor mina e a maior piroca do cone urbano de Buenos Aires, tudo pelo mesmo preço, minha passarinha.

13.
Qüity: "O que tínhamos na favela está perdido"

O que tínhamos na favela está perdido, sim, como o paraíso está perdido e perdidos estão seus prados e a sombra de suas árvores e os galhos inclinados pelo peso das flores e frutas que brilhavam como joias e os pássaros que cantavam como anjos. E seus rios caudalosos que não inundavam nem saciavam a sede de ninguém, porque ninguém tinha sede, suas feras sem fome que conviviam em paz, seu parceiro sem sexo e seu clima ameno. E essas árvores, por fim, a do bem e do mal e a da vida. No mundo restaram muitas árvores, como se sabe, mas daquele tipo não há mais. Nas favelas, em particular, não há árvores de nenhum tipo. El Poso não era exceção. Nós plantamos depois. Transplantamos, para ser exata, mas nem mesmo com as dezenas de fícus e as milhares de mudas de gerânios e avencas com que bordejamos o reservatório a favela se transformava em um locus amoenus; a única semelhança com o jardim do Éden é a cercania da divindade, pois algo de deusa tem Nossa Senhora, mesmo que não faça parte da Santíssima Trindade e seja muito mais jovem do que Jeová.

Hoje, talvez a favela se pareça com o paraíso um pouco mais do que naquela época, mas apenas porque a perdemos e temos saudade, embora às vezes, munidas de martínis e da vista caribenha, comecemos a planejar uma nova favela, pensando em como recriar aquilo que tivemos. Para começar, não partimos do zero:

há favelas, favelas e mais favelas. Basta seguir as curvas da distribuição da riqueza na Argentina para que não restem dúvidas.

E se os gráficos não forem suficientes, que se saiba que Cleo diz que Nossa Senhora diz que há cada vez mais favelas em Buenos Aires, e que as favelas continuam sendo tão semelhantes aos jardins do Éden como os macacos se parecem com foguetes que levam turistas para a Lua.

É que nos faltavam árvores, deuses, leões amamentando cordeiros, exércitos de querubins assassinos e uma espada giratória. Não só por causa do déficit é que fazíamos a diferença: o que sobrava tampouco espelhava o country de Eva e Adão. Não se espera nenhum Éden que cheire à merda, para citar uma das abundâncias que afastavam qualquer espelhamento. É que cheirar à merda não é simplesmente feio; cheirar à merda é cheirar à decomposição, à morte in progress.

E não é que eu esperava, como Dante, que "uma eterna margarida me recebesse dentro de si, como água que recebe um raio de luz". A verdade é que Cleo me saiu uma rara Beatriz. Claro que um Dante mais estranho me saí eu para ela. A questão é que eu não esperava nada, nem margarida eterna nem um caralho, mas que flores tivemos na favela! Não duravam nem quinze dias, vivíamos correndo atrás de floricultores para que nos dessem avencas e petúnias, prímulas e tulipas. Sim, tulipas também: minha dama tinha delírios de holandesa de vez em quando. Eu não fazia parte da comissão de decoradores, mas sei que iam toda semana atrás de mudas, pois eu estava no comando da comissão de relações institucionais todo o tempo que o paraíso nos durou. E eu passei esse tempo tentando sossegar aqueles que vinham reclamar porque os pivetes viviam os assaltando. Foi assim que eu conheci Wan. Depois ele voltou para a China e montou um supermercado argentino, o filho da puta. Claro, ele vende abóboras e erva-mate e sei lá mais o quê, coisas que ele faz passar por ingredientes para churrasco e vinho e pão francês, tudo a preços astronômicos. Choripanes, é isso que Wan vende em Pequim. Sim, os mocinhos chineses adoram o consumo suntuoso.

Depois voltamos a Wan, agora quero terminar: a favela, nem mesmo hoje, quando não resta chapa sobre chapa, quando está tão perdida como o paraíso, nem mesmo hoje ela parece o paraíso. Mas o estranho é que tinha algumas semelhanças, sim; havia algo sagrado ali, e não era a Virgem. Bom, a Virgem também.

Tudo se reproduzia, El Poso parecia Amsterdam entre tanta água e tanta flor e tanta marofa, mas nada se multiplicava como as carpas em nosso mundo, que não, eu insisto, não se parecia nem um caralho com o da Bíblia. Perto de Deus, entre o Tigre e o Eufrates, será que também trepavam? No Olimpo já se sabe que sim, que cresciam prados perfumados onde quer que Zeus e Hera tivessem se pegado. No céu dos muçulmanos imagino que também, do contrário, por que eles prometeriam setenta mulheres para cada guerreiro que morresse por Alá? Para que lhes cevassem o chimarrão? Cleo, você pode perguntar para Nossa Senhora por que os árabes ressuscitados querem tanta mulher? Ela deve saber. Deve morar no mesmo bairro que eles.

Nós também trepávamos, é claro, mas não nos reproduzíamos, aconteceu o que é típico da abundância: nos dedicamos quase exclusivamente ao prazer. E a comer carpa ensopada, com chimichurri, carpa no chop suey, sopa de carpa, com molho agridoce, salpicão de carpa, refogada com legumes, com polenta, ceviche de carpa e, óbvio, carpa assada. A Ruiva, Dani, o Galo e Cleo ficaram trancados dois dias com Wan para aprender bem as receitas. Dois dias inteiros no Hermosura, o supermercado chinês que nosso chinês tinha a dois quarteirões da entrada principal de El Poso. Era um galpão de merda onde ele vendia cigarros soltos e café aguado e macarrão e arroz e garrafas de vinho e tintura para cabelos loiros, porque na favela a maioria queria ser loira, como em quase todos os lados. Também havia música no Hermosura: estava cheio de uma melodia horrível, uma espécie de feng shui funcional de evangélicos chineses de que nosso homem taiwanês gostava realmente. Passava horas e horas no caixa cantando, guardando notas e sorrindo para todo mundo. "É difícil ser estrangeiro", nos explicou mais tarde. E agora sabemos que não mentia.

Duas mulheres da El Poso que trabalhavam no supermercado lhe contaram nosso projeto piscicultor. Wan adorou, encampou a causa e se dedicou com tanto afinco a ela como se fosse dele. Sem dar muitos explicações, exceto um nostálgico "Papai Wan carpas Taiwan", juntou-se às hostes de El Poso: todos os dias ele aparecia com seus sete rebentos para dar de comer às carpas que conseguimos roubar do Parque Japonês. Nem sequer se importava com o fato de que a favela, além de lhe fornecer empregadas baratas, também lhe fornecesse pivetes que o assaltavam de vez em quando. Limitava-se a cumprimentar os delinquentes que ia encontrando nas vielas com um "Eu te conheço, não roubar mais Wan"; quem sabe, talvez considerasse que o trabalho das mães compensasse os excessos dos filhos ou torcia para que o deixassem em paz de uma vez por todas. E é claro que o deixaram em paz: como ele mesmo dizia, "eu chinês, não tonto".

Ele deve ter ido embora pelo mesmo motivo que nós, uma mistura de medo e nojo e vontade de continuar vivendo. Por lá, ele também se ordenou a Nossa Senhora, como minha amada afirma, embora Wan não acreditasse na Santa Maria. Ele estava feliz na Argentina. "China imposto filhos", dizia ele, "muita gente, tudo amontoado. Aqui muito melhor".

Ao Parque Japonês fomos o Galo, Daniel, a Ruiva, Cleo, Wan, Helena, o Torito e eu. É preciso falar a verdade: as que mais se reproduziam eram as carpas, sim, mas os que mais trepavam eram Helena e o Torito. Não sei por que tinham vindo aquela noite: começaram a transar em cima de uma pontezinha de bambu e caíram na água e a partir daí eles não fizeram outra coisa além de rir. De qualquer forma, não foi difícil para nós conseguir as carpas. Embora a Ruiva possa não concordar comigo: teve que seduzir o par de vigias, "em quinze minutos dou conta dos dois, cês se apressem que eu tenho um pouco de nojo de trepar com esses guardinhas nojentos", disse ela aos sussurros e com uma pica policial em cada mão. Era o preço da entrada no parque à meia-noite.

Cleópatra começou a orar a Nossa Senhora para pedir perdão, "porque não tá certo roubar, e menos ainda cair de queixo nos vigias". Wan, que quase nunca tinha algo a dizer, pelo menos em espanhol, considerou necessário esclarecer: "Eu Jesus, Virgem não acredita", e Cleo interrompeu sua comunicação com a Santa Mãe para olhá-lo com sangue nos olhos. Nós intervimos e lembramos a eles que Deus é amor, que as diferenças não importam se amarmos nosso vizinho. Fomos bem convincentes. Cleo voltou a rezar e Wan, a escolher as carpas "melhores, mais ovas, mais filhotes". Deve ter feito uma boa seleção: levamos cerca de vinte carpas gordinhas de todas as cores enfiadas em saquinhos plásticos com água. Isso foi em novembro, e em março tínhamos mil e duzentas.

14.
Qüity: "Força, Nossa Senhora do Barraco"

> *Força, Nossa Senhora do Barraco*
> *que essa Catedral do buraco*
> *is a very serious thing*
> *embora uma festa sem fim*
> *de pura breja e cocaína*
> *nos mantenha nessa sina.*

Ela se refletia na água turva do reservatório. Olhava para baixo com as mãos estendidas, sempre pronta a dar abrigo. Às vezes, quando chovia, os meninos prendiam um náilon entre seus braços e montavam para ela uma tendinha considerável. Por mais favelados e pivetes que eles sejam, os moleques gostam de brincar.

Como um Narciso pobre e vestido de Ekeko,[7] na água turva do reservatório, como eu dizia, via-se a Virgem de El Poso noite e dia. E dia e noite as carpas desfaziam seu reflexo com seus pulinhos brancos, alaranjados e vermelhos. E marrons também, por causa do barro que sua voracidade inquieta levantava. Os vizinhos cuidavam de Nossa Senhora. Eles a vestiam com capa de chuva se chovia, com pulôveres se fazia frio. Será que a Santa Mãe via sua efígie de espantalho?

---

7 Deus da abundância e da fertilidade na mitologia andina.

No Natal, enredaram luzinhas em seus raios dourados. Que simbolizavam a virgindade, eu soube muito mais tarde. Por que raios, Cleo?, perguntei. Será que a virgindade da Santa Mãe era brilhante ou corajosa?

Não era só ela que cuidava do reservatório. Toda a favela cuidava dele. O caos faveleiro se ordenou como se os anos de miséria e precariedade, as vielinhas cheias de merda, as chapas de lata, os tijolos de diferentes tipos e tamanhos, as paredes em falso esquadro, os pivetes descarados, enfim: tudo tivesse se originado pela falta de um reservatório. Assim que terminamos, cada coisa começou a parecer parte de um plano, algo com sentido e objetivos. Como se aquele labirinto miserável tivesse sido objeto de design, a miséria começou a ser austeridade.

"O reservatório é a favela, e a favela é o reservatório", dizia Daniel, e de alguma forma Cleópatra também pensou nisso, coroando esse mise en abyme com a instalação de outra Virgem sobre o muro: um retângulo continha outro e os dois eram protegidos por uma Santa Mãe. Entre aquelas duas mães ficavam os pivetes. Eles queriam bombear a água, ficar de guarda, alimentar os peixes, organizar as colheitas. No espelho do reservatório eles também se viram e se encontraram, mesmo nas previsões mais atrozes. Porque eles sabiam com quem estavam lidando e perceberam que as redes também seriam lançadas sobre nós; mesmo assim permaneceram ali, entre as duas virgens, para combater.

Aquela comunidade carniceira de carpas tinha começado a gostar da vida: sair na tevê quando vinham fazer reportagens sobre nosso empreendimento piscicultor, trepar com as meninas da faculdade que vinham porque eles serviam de caso de estudo para seus papers e eram vistos como heróis. Ficavam felizes. Pode parecer pouco, mas há pouco mais a pedir. Os santos também ficaram: puseram todos eles em cima do muro para que Nossa Senhora não ficasse sozinha lá em cima, e para "que cuidem de nós pra sempre", dizia o Galo dando risada e persignando-se enquanto metia cimento nas pernas beatas; quarenta santos de diversas santidades olhavam para nós e olhavam uns para os outros, além das câmeras da polícia e da televisão, que também nos olhavam, olhavam umas para as outras, e se duplicavam no reservatório.

Lá da rodovia já dava para ver os santos de costas, de pé sobre os outdoors, que, esses sim, estavam de frente. Baltasar Postura, o prefeito, tinha decidido tirar vantagem de cada centímetro do muro; os santos pareciam anões vigiando o interior da favela, e a vigiavam bem: para as pessoas de fora havia as igrejas e seus santos esculpidos em mármore, madeira e gesso.

Os de fora, aqueles que viam a nuca de nossos santos de concreto, os das catedrais, os que se refletiam nos cartazes publicitários como todos nós no reservatório, começaram a falar dos "santos pretos" e da "Catedral Barraqueira". Quando víamos a efígie de Evita, de coque, nas paredes dos barracos, nos perguntávamos o que ela faria se estivesse viva: levaria Cleo para trabalhar a seu lado na Fundação? Mandaria uma chuva de presentes lá dos seus aviões Pulquis? Será que levaria o Torito para a residência presidencial de Olivos? Viria atirar entulhos nos jardins das mansões das quais estávamos separados apenas por um muro e por alguns milhares de dólares de renda per capita? Se Evita estivesse viva, seríamos peronistas.

"Sem mencionar como Che Guevara se sentiria", dizia Daniel cada vez que víamos sua efígie barbuda nos bíceps dos pivetes. As tatuagens de Maradona todos copiavam, queriam ter algo em comum com o braço de Deus que, justo naqueles dias, se tornou mais lendário ao ser pego com um espanador metido no cu, duas adolescentes escondidas em um armário e dividindo uma carreira generosa, comprida e gorda de pó. "Velho filho da puta, consome coca de primeira, aqui todos se fodem aos trinta", disse Jonás. "Você se esquece de que ele era atleta, *mens sanas in corporus sanus*", Cleo respondeu sem pensar muito no que estava dizendo. Ela queria convencer os pivetes a praticar esportes, achava que seriam salvos se fossem jogar bola em vez de puxar fumo. Ela lhes passava uns sermões e os pivetes ficavam ouvindo e aos poucos foram sendo "resgatados", diziam eles, imersos também sem perceber no campo semântico da salvação.

Tão glutões e coloridos como nossos peixes, comíamos juntos ao meio-dia e à noite — todos nós comíamos, de alguma forma a comida dava para todos e ainda por cima era uma delícia. "A multiplicação das carpas", dizia Daniel com um pouco de resignação quando olhava para as filas intermináveis de peixe espalhadas por dez metros de churrasqueiras improvisadas. Peixe assado era nossa comida favorita, os gourmets da favela tinham seu decálogo secreto para assar quase qualquer coisa. Só faltava que assassem gatos. O fogo nós fazíamos com o que encontravam na rua: jornais para acender e madeira. Os bárbaros cortaram metade das árvores do bairro. Falava-se aos gritos nessa longa mesa de tábuas e cavaletes, a música era desligada apenas quando Cleópatra, de manhã e à noite, rezava na borda do reservatório, entre Jesus e sua mãe. Às vezes, quando a bagunça não ficava fora de controle, depois do jantar, ela nos contava algumas das coisas que a Virgem lhe contava. Eram milagres. "Me escutem", ela gritava, falando em parte no espanhol baixo do Rio da Prata, em parte no espanhol cervantino: "e fiquem os senhores sabendo o que fez Santa Maria com um bardo que armou os diabos pra roubar a alma de um peregrino, que eram aqueles que caminhavam até a igreja mais distante, como esses que agora caminham pra Luján: pra que valha, a igreja tem que ficar na casa do caralho". E disparava contando uma cantiga recompilada por Alfonso, o Sábio, oito séculos atrás: depois de passar a noite trepando com uma puta, o peregrino continuava sua peregrinação a Santiago de Compostela todo alegre, sem se confessar. O diabo, que aparentemente compete com Deus para ver quem recebe mais almas e ganha d'Ele roubando, disfarçou-se de apóstolo Santiago e apareceu para o peregrino: "Deves salvar tua alma para que não arda eternamente no lago do fogo do inferno, onde cairás sem minha ajuda, é por isso que eu te digo: elimina o que te fez pecar, corta teu membro que é o culpado". O peregrino cortou a pica e sangrou até a morte no caminho. Os diabos consideraram suicídio e vieram em legião para levá-lo ao inferno. E aqui vinha a moral, pois Cleo não contava histórias apenas para nos distrair: "Cometer suicídio é pecado, cês tão me entendendo? A gente tem que morrer quando Deus quiser, e não quando dá na telha. Porque se suicidar não é apenas quando cê faz querendo e dá um tiro na cabeça: é também quando cê toma muitas drogas ou quando fica trepando sem proteção, cês tão me entendendo?", intercalava, e depois terminava a história: Nossa Senhora intervém, considera que o peregrino cortou o pinto enganado por um diabo, e o ressuscita. Mas não completamente: deixa que os cães comam o cacete, assim o homem não volta a cair em tentação e não corre mais o risco de ir parar no inferno.

A gargalhada foi uníssona; as pessoas tinham fé, mas ali na favela ninguém tinha medo do inferno. Nós todos concordávamos, nossa vida tinha um novo significado e nos amávamos uns aos outros nessa novidade, nessa alegria que vivíamos e também se estampava no rosto dos demais, era uma festa que não tinha fim, valia a pena viver, éramos livres naqueles dias de alegre multidão. Os pivetes começaram a se dar bem: a favela ficou cheia de gente, estudantes, fotógrafos, militantes de ONGs que administravam o dízimo da culpa, antropólogos, jornalistas. O pessoal da favela começou a ir até as universidades para contar sua experiência autogestora, a ser entrevistado como um exemplo de que "neste país, aquele que se esforça recebe sua recompensa", a viajar a outras cidades para conhecer os empreendimentos de outros grupos de necessitados. A imprensa começou a falar do "sonho argentino" para se referir a nós.

15.
Cleo: "Ô, meu bem, cê esquece tudo"

Ô, meu bem, cê esquece tudo, vou ter que gravar a minha versão a cada duas páginas tuas que eu leio, a gente nunca vai acabar se cê continuar assim. Porque eu tenho que dizer a verdade: falavam de "sonho argentino", mas atiravam na gente. A gente comemorava quando não era aquela matança porque atiravam em nós como patinhos de lata daqueles parques de diversões que montavam perto da favela quando eu era criança, atiravam na gente como se fossem ganhar algum prêmio. Eu imaginava eles, às vezes — quando já tinha me tornado uma menina —, recebendo um bichinho de pelúcia pra cada preto morto. Porque atiravam na gente por isto, meu bem: porque a gente era preto, pobre, bicha, macho, porque comiam a gente ou porque não comiam; sei lá por quê — talvez treinassem pra guerra.

A Virgem diz que matavam a gente porque eram tentados por Satanás e também me pergunta, além disso, se eu não percebo que a gente tá sempre em guerra. Não tenho muita certeza, desculpa, Santa Mãe, mas Satanás tenta todos nós e a gente não anda por aí dando tiro em todo mundo. Bom, quase todo mundo anda, cê tá certa, amorzinho da minha vida. Nisso sim você concorda com a Virgem, quem é que te entende? Então a gente comemorava quando, depois daquela porrada de tiro, não tinha mais mortes, porque era um milagre que não acertassem a gente, e aí é que tá a prova da existência da Santa María, não pode ser que cê não percebe, meu bem. E é por isso que a gente ficou na linha de frente naquela manifestação até a prefeitura. Eu, porque sabia que a Virgem ia me proteger. E as outras, porque acreditavam que aqueles tremendos peitos que o enfermeiro Gómez fazia pra nós serviam como armadura; cê lembra do Gómez, meu amor, aquele que fazia abortos e punha tetas? Aqueles silicones industriais que ele punha na gente ficavam umas tetas enormes, duras, que pareciam perfeitas ou de mentira. Ok, eu sei que minhas tetas de cinquenta e cinco anos não podem ser mais duras que as tuas de trinta e cinco, meu amor, mas elas são. Para de reclamar, Qüity: cê podia muito bem ir no mesmo cirurgião que eu e, além disso, eu gosto das tuas assim como elas tão, um pouco caidinhas pela maternidade. Porque a gente tem que dizer que, embora cê seja um desastre com a María Cleopatrita — sei lá o que ia ser da menina sem mim —, cê deu o peito pra ela por quase um ano. E depois cê trata a menina como se ela fosse uma boneca ou uma encheção, como cê trata as coisas: cê ama a Cleopatrita porque ela te ama e precisa de você, mas cê não aguenta ela pelo mesmo motivo. Mas não tem importância, eu também sou assim.

A questão é que na favela todo mundo festejava quando ninguém morria, e se eu tô falando isso é porque tive muitos dias pra festejar. A Virgem quer que eu continue vivendo, nem sei quantas vezes ela me salvou, também nem acredito que ela me escolheu pra missão de dizer o que ela tem pra dizer, é muito estranho que ela, que é Virgem, tenha me escolhido, justo eu, que comi mais cacetes que uma gueixa centenária. Ela diz que a gente não sabe o que era tentar falar sendo uma mãe judia solteira de quinze anos, dois milênios atrás. As ídiche-mame nem tinham sido inventadas, a Virgem me explicou: ela era um escândalo, muito mais barraqueira do que eu sou agora. Talvez é por isso que ela me escolheu, meio que se identificou comigo, porque eu também, ninguém queria me deixar falar em qualquer lugar, tudo que queriam era me comer ou que eu comesse eles e depois vazasse. Mas o que eu tava dizendo é que, como eles não paravam de atirar na gente, e como a gente tinha tetas duras que não se curvavam, mas explodiam porque, infelizmente, todos os escudos se rompem em algum momento, então não importava: mesmo pelos coletes à prova de balas passam balas, minha boa luz. Como que cê não contou que a gente foi exigir justiça e que ficamos, todas as travestis da favela, na frente da marcha quando a gente foi até a prefeitura pra pedir, ou melhor, pra exigir que o Baltasar Postura respeitasse os nossos direitos?

E não tamos falando de que ponham o nosso nome de mulher nos documentos, dava na mesma porque ninguém tinha documentos lá, távamos falando do direito de viver, mesmo que chamassem a gente de Guillermo, Jonathan ou Ramón: eles podem te chamar de qualquer coisa contanto que deixem o teu sangue correndo nas veias todos os dias, que é como o sangue deve circular. Naquele dia pedimos pro Postura tirar a Besta do nosso pé, que mais que nunca se transformava na besta do Apocalipse quando as minas não pagavam a parte dele e falava de Jeová e a carne consumida pelo fogo e ateava fogo nelas sem mais nem menos e metia o balaço nos pivetes se não trabalhassem pra ele. E comia todos eles.

A justiça foi rápida: o delegado Juárez tava cansado da Besta porque ele fazia um puta caos e o pessoal da prefeitura tava até o talo de saco cheio da agência de segurança. Por mais que eles continuassem recebendo grana de toco — e eu sei que pagavam pra eles, Qüity da minha alma —, ganhavam menos bronze que antes, e não tinha passado tanto tempo assim pra que eles esquecessem. O carro bateu e pegou fogo, lembra? A mangueira do fluido de freio foi cortada, alguma coisa assim. A Virgem me disse que Jeová disse que o cheiro daquela carne consumida pelo fogo apaziguou Ele. E sim, Qüity, Deus também é um pouco feroz.

16.
Qüity: "Flores, flores!"

"Flores, flores! Tão saindo flores das mãos da Nossa Senhora", gritava o Torito e se atirava no reservatório, suponho que dentro de uma cápsula de cores confusas e brilhantes feitas com cristais de MDMA, até se afundar na lama às gargalhadas. "As carpas", ele ria, "as carpas me chupam melhor que ninguém", ele continuava rindo e estendia os dedos que efetivamente as carpas tentavam tragar com tanto fervor quanto insucesso. Foi um tempo de bocas abertas: as das carpas, que faziam "o" e tentavam tragar tudo que passava na frente delas; sua maneira de estar no mundo era tentar comê-lo. Os ossos dos mortos no leito do reservatório lamacento, os dedos dos vivos na superfície arejada. E o mundo as comia: lá estávamos nós com o coração contente de carpas e mijando de rir, sem pensar demais no fato de que eles também nos devorariam: de seus helicópteros, os donos das coisas nos viam da mesma forma que víamos as carpas. Como coisas, é claro. Fomos livres todo esse tempo em que o Toro acreditava ter visto flores saindo das mãos de Nossa Senhora. Não é que não nos matassem naquela época: de tanto em tanto, sim, eles apagavam alguém, a polícia e o pessoal da agência nos entupiam de bala. E de vez em quando algum pivete atirava em outro, é claro. Se vamos contar tudo, e estou acrescentando este capítulo por sugestão sua, Cleo, temos que dizer que aqueles pivetes brisados, quando entravam na noia, começavam a tretar e atiravam uns nos outros, e não havia Virgem que os fizesse mudar de opinião.

Mas estávamos em temporada de milagres e pensávamos que a estátua desengonçada da Nossa Senhora do Barraco irradiava um escudo protetor, nisso acreditávamos um pouquinho todos nós, de uma forma ou de outra. Eu, povo no povo como uma gota de mar no mar, acreditava no povo unido. Seja como for, nossa Virgem era capaz de fazer tudo em todos os lugares, e nós acreditávamos em milagres e estávamos felizes. Se tivesse sido uma daquelas que choram sangue, teríamos pensado que estava menstruando: não havia lugar para lágrimas. Isso foi depois. Naquela época estávamos quase todos vivos, e celebrávamos essa oportunidade e nossa vida persistente. Sempre havia alguém que contava os tiros dos canas e, quando chegavam a cem sem que houvesse vítimas humanas ou sagradas, então dá-lhe cúmbia, baseado e cerveja. Não demorava muito para que o Toro começasse a flutuar entre margaridas que saíam como "numa lufada" das mãos celestiais. Ficava ligadão com papel de ácido. Conseguia uns selos com imagens sagradas e, acima de tudo, preferia o do sagrado coração. Ele chupava os papéis ajoelhado no reservatório com a mesma fruição que as carpas sugavam seus dedos. "Deus é amor", nos dizia, "Deus é amor." Todos nós ríamos. E éramos Deus, algo de sagrado circulava entre nós. Nisso você tem razão, Cleo, meu amor, nesse aspecto Nossa Senhora era como uma lufada de ar puro. É verdade que conseguimos garantir que não houvesse sequer cheiro de merda.

17.
Qüity: "Permanecemos ali por tempo suficiente"

Permanecemos ali por tempo suficiente para que alimentar as carpas se tornasse um ritual. Não sei de onde tiraram esse costume, mas nosso reservatório de piscicultura tinha se transformado na Fontana di Trevi para os pivetes, que nunca saíam para afanar sem antes se pôr de costas para o reservatório. Pegavam os rosários com uma mão e com a outra jogavam moedas pedindo para voltar em segurança. Naquela época, eu não tinha tempo de me deter em reflexões: as palavras, as imagens, tudo me consumia e não havia nada para salvar. Então eu não me detinha, mas aquilo se tornou costumeiro para nós — os pivetes saudando os peixes e a Virgem foram o ponto morto de nossa vertigem, eles, os que sempre saíam para morrer. Eles faziam aquilo com seriedade, circunspectos, mesmo se estivessem chapadaços do bagulho e em uma trip de três dias sem dormir. Eles se concentravam, o rostinho torto se ajeitava, os músculos desarticulados se harmonizavam, o desejo de continuar vivendo e a crença de que aquele pedaço de concreto pintado de madona poderia ajudá-los eram as únicas coisas capazes de unificar os nervos, as emoções e os pensamentos soltos que era a vida dos pivetes. Visto um por um, não tendo em mente a massa de pretinhos que a mídia fabrica, eram todos bonitos em sua fúria, como aconteceu com Aquiles quando seu amigo morreu: não resistiu e se rendeu à ira, cedeu ao destino. Ah, a fúria larápia dos pivetes larápios.

Cleo estava acostumada, pois é uma deles; longe de se comover, ela os xingou: "Mas escuta aqui, seus putos, cês querem foder a gente matando todas as carpas com essas moedas? Cês não podem pensar em nada melhor pra fazer com as moedas?". Eles pensaram: foram ao Parque Japonês comprar comida para os peixes. Alarmaram a comunidade nipônica que levantava a vista dos saquinhos de chá, abandonava os pauzinhos e calçava os sapatos cada vez que aparecia em seu parque o bando de adolescentes magrelos com tênis e armas muito grandes para eles. Deviam pensar em crianças de Mishima vestidas com as roupas dos pais.

Helena Klein apareceu de repente. O Torito tinha ido trabucar: quando iam fazer a limpa na área todos tinham que ir, o delegado em pessoa fazia a chamada. E todos eles iam, sem nunca deixar de passar pelo reservatório para jogar comida de costas para as carpas e, diante de Nossa Senhora, pedir-lhe para que olhasse por eles, que não fossem eles os perdidos naquela noite. Porque alguém ia perder, os canas têm que justificar seus honorários fixos. Do saque, os pivetes ficavam com trinta por cento. E pagavam as despesas do funeral. Aqui eu tenho os melhores chás de todos os países e bules chineses. Me tornei colecionadora. Minha filhinha não entende que não pode brincar com eles, não entende que eu me sustento de pé por causa desses pequenos prazeres egoístas. Ela é sustentada por sua fúria e sua alegria. Essa garotinha é uma mulher confiante. A alegria e a confiança ela deve à sua outra mãe, à louca da Cleópatra, que continua falando com Nossa Senhora, agora nas praias de Key Biscayne.

Helena, a ruiva, apareceu de mãos dadas com o Torito depois de uma daquelas noites, o Torito tinha tentado assaltá-la e não conseguiu, ela se apaixonou "à primeira vista" e lhe disse "mas o que você está fazendo, idiota", ele explicou e os dois roubaram juntos algumas joias da mãe dela, e a sra. Alvear suspeitou um pouco quando viu a aliança da avó no dedo da esposa do delegado na Catedral, certo domingo, e o delegado viu seu olhar e disse-lhe que ele tinha comprado na rua Libertad, "viu que linda", e a sra. Alvear "pois sim, é linda e além disso é minha". Invadiram a loja de alguns bolivianos joalheiros, o delegado foi promovido, a senhora recuperou a aliança e os bolivianos voltaram para a Bolívia. Helena apareceu, então, e nos disse que ela sabia tudo de peixes, que seu pai havia construído um aquário quando ela estava com cinco anos de idade e que pouco tempo depois ele se suicidou. Helena está convencida de que foi culpa da mãe e de sua família católica, e então se dedicou a seus peixes até ter um dos aquários privados mais espetaculares da América do Sul. Ela é oceanógrafa, "há muitas maneiras de ter um pai", disse Helena, e, sem qualquer outra explicação, foi ficando. Sua mãe, a sra. Alvear, ex-viúva Klein, ficou um pouco mais tranquila que a menina passasse o tempo na favela ajudando os pobres sob o amparo de Nossa Senhora: embora Helena não mantivesse a distância que se deve manter dessa gente, certamente uma falta de discriminação típica do idealismo adolescente, pensou a mãe, era melhor que fizesse isso; em última análise, era caridade, que afinal tinham praticado de uma forma ou de outra todas as mulheres da família desde que os homens decidiram servir para algo e delimitaram o espaço com arame farpado e começaram a fazer dinheiro. Pois o dinheiro veio antes que a família tivesse feito um nome para si mesma, com seus antepassados chegando à América. O Torito era meio inca, bronzeado, brilhante, tinha um pescoço poderoso, de animal jovem, é por isso que ganhou esse apelido, acho que era Eusebio quem o chamava de Torito e o apelido pegou; era muito comum ver a ruiva, Helena, trepando com ele em qualquer lugar. "Dizei a meu pai que Europa abandonou sua terra na garupa de um touro, meu raptor, meu marinheiro, meu companheiro de cama. Entregai, por favor, esse colar à minha mãe",[8] recitava toda vez que eu a via montada no Torito, aquele inca pobre que se tornava Zeus entre as pernas mágicas de sua Helena.

Helena trabalha aqui, estuda a linguagem dos golfinhos, "linguagem, linguagem não é, eles não sabem fazer piada", esclarece, no aquário da universidade, maior do que o de sua infância. Ela conseguiu resgatar o Torito depois do desastre, só teve de ameaçar sua família e subornar um juiz para trazê-lo para Miami, mas o carinha já estava feito merda, "com tanto amigo morto a vida me dói", disse ele certo domingo, e na quarta-feira o encontramos pálido e apagado com uma faca sevilhana metida na garganta. Helena se casou com um biólogo brilhante também chamado Klein, para ser Klein Klein, ela disse, em homenagem ao pai, e foi passar a lua de mel em Israel, estava "acostumada a andar trepando entre os milicos e contra uma parede", disse ela também.

Foi aqui em Fort Lauderdale que compusemos estes versos para o Torito. Conseguimos incluí-los no livro porque não fazem parte da ópera cúmbia. Cleópatra os recitou em seu velório, que foi mais triste do que uma Sexta-Feira Santa:

---

8 De *As núpcias de Cadmo e Harmonia*, de Roberto Calasso.

*Dá as mãos ao fatigado engenho,
Amor, e ao frágil e cansativo estilo,
para cantar àquela que se tornou
imortal cidadã dos céus.
Imortal e cidadã?
Era Evita a falecida?
A poesia é de Perón?
Of the first trabalhador?
Não, é de Petrarca, e era
à aurora, ao laurel.
À sua Laura in the vergel
ele cantava uma asa azul:
I love you e vou cantar,
ao compasso de uma viola.
Então se punha a lembrar
que legal era a Mona Lisa
and she was, she super was,
mesmo torta como a torre de Pisa.
Vou cantar uma história doida
que aconteceu com o Torito:
nós o encontramos pequenito
no meio da favela
e foi for ever and ever
que ele ficou na família.
De gaúchos órfãos está cheio
este pampa assassino:
nobody que os proteja
e without dog que ladre pra eles
andam os bebês sem pai
como andaram before
os babies de Agamenon:
Como poderei dirigir
as orações to my father?
Direi que venho, talvez,
a oferecê-las ao esposo
em nome da Virgem,
o que dizer de minha mãe?
Eram outras orfandades
as dos crazy Atridas;
para o Torito a vida
from beginning to the end*

sempre foi tão fodida,
então o fizeram fenecer
em um abrolho da Flórida.
O maldito american dream,
foi a morte para ele:
lhe cortaram a garganta,
a música e a bebida.
O legista dos latinos
da Miami Police
pensou em um psycho-argentino:
diz que o ouviram dizer
que é costume nacional
essa forma de matar,
e que temos um baile,
que dançam até os frades,
the dance of la refalosa,
e nós cantamos assim:
"bem abaixo da orelha,
com um punhal bem temperado
que se chama 'o tira-dores',
cruzamos com fervores
suas veias do pescoço.
E o que se faz com isso?
Muito sangue que é um gosto,
e então o susto
entra a revolver os olhos".[9]
Aquele fucking policial
doesn't know o trovadoresco:
se conhecesse, pensaria
que o killer era espanhol
ou judeu sefardita,
um chileno ou um mexicano,
eles cantavam assim:
"Como presente de minha volta
hei de dar-te rico vestir,
vestido de filigrana

---

9 "Abajito de la oreja/ con un puñal bien templao y afilao/ que se llama el quita penas/ le atravesamos las venas del pescuezo./ ¿Y qué se le hace con eso?/ Larga sangre que es un gusto,/ y del susto entra/ a revolver los ojos." ("La refalosa", de Hilario de Ascasubi)

forrado de carmesim,
e gargantilha encarnada
como em damas nunca vi,
gargantilha de minha espada,
que teu pescoço vai cingir".[10]
E o Torito foi para o céu
com a Laura de Petrarca?
Ele foi, claro que sim.
Mas o check-in foi um desastre
porque alguém o degolou
para vê-lo resvalar
no próprio sangue!
Até que lhe deu calafrios
e começou a chutar.
Depois foi presunto:
Oh, limitada jornada,
Oh, frágil natureza![11]
Hoje is born a terna flor
e hoje mesmo her way termina;
tudo à morte se dirige,
vai parar no braseiro
cada bicho que caminha.
Aqui duro o matador,
aqui está o amigo morto
aqui o corpo cinzento
como restos de um almoço.
Ele vinha nos visitar
com latinhas de caviar
que afanava na Recoleta,
o dia todo com champanhe
pago por ladies grã-finas
que se penduravam com paixão
em seu hot neck de animal
que agora jaz filetado

---

[10] "Por regalo de mi vuelta/ te he de dar rico vestir,/ vestido de fina grana/ torrado de carmesí,/ y gargantilla encarnada/ como en damas nunca vi;/ gargantilla de mi espada,/ que tu cuello va a ceñir." ("La amiga", de Bernal Francés)

[11] "¡Oh limitada jornada,/ oh frágil naturaleza!" ("A la muerte", Pedro Calderón de la Barca)

no necrotério judicial:
a morte vem sempre cedo
e não perdoa ninguém.
Diz Cleópatra que diz
aquela que esmagou Satanás
que o Batista morreu igual
e toda uma longa lista
de escolhidos do Lorde
e acreditamos que o senhor
gosta de tirar das favelas
aqueles que Ele quer levar
para gozar de coisas belas.
Costumam dizer nossos meninos
desde a mais tenra idade:
we that are young
shall never see so much
nor live so long.[12]
Embora tentemos a sorte,
não nos salva nem o desterro,
é super fast nossa morte:
ninguém chega aos cinquenta
há sempre bala ou facada
transformando-nos em terra,
fumo, poeira, sombra, nada.

---

[12] "Nós que somos jovens/ nunca devemos ver tanto/ nem viver tanto." (*Rei Lear*, William Shakespeare)

18.
Qüity: "O rato era do mal"

> *O rato era do mal:*
> *se mordesse um dead man,*
> *transformava-o em carniça;*
> *e não havia cocaína*
> *nem álcool nem benzodiapina*
> *que estourasse essa mundiça.*

Quase todos os animais têm mais poder vistos de frente do que de costas. O rato de meus pesadelos não. Visto nos olhos ele era repugnante, repulsivo, imundo, mas não causava uma perda de perspectiva. Os vermes devem ser esmagados, como fez Nossa Senhora, milênios atrás e descalça, com a serpente. Embora a virgindade não fosse um de meus atributos, vê-se que bastava eu ser mulher, porque eu olhava para seu focinho e tinha certeza de ser capaz de pisar nele até transformá-lo em uma lâmina peluda, em um pedaço de tapete, em uma folhinha que qualquer vento poderia levar embora.

O pavor eu sentia mesmo era quando ele se afastava. Que ameaça estranha, aquele meu rato, que destruía certezas e perspectivas ao ir embora. Quando ele estava de costas, eu me afundava em uma vertigem viscosa e fria, em queda livre, em uma vulnerabilidade sem limites que sempre me levava a outro pesadelo: sonhava que acordava com uma ressaca monumental — marteladas na cabeça, náuseas, diarreia, angústia —, e tudo piorava quando eu olhava em volta e via uma pilha de cadáveres, de origem tão inexplicável quanto minha presença ali: eu não me lembrava de como eu tinha chegado, não sabia se o próximo corpo empilhado seria o meu, e não conseguia nem andar porque minhas pernas não me obedeciam ou porque eu resvalava em meu próprio vômito ou em minha própria merda.

Meu rato arrastava uma crinolina de excrementos e fósseis, uma trilha de merda e ossos afiados que bastaria para arar de morte toda a nossa favela. Como poderia não ser aterrorizante um rato com um arado de fósseis em El Poso, que é pura terra e lama? No reino dos catadores reinava ele, com seu carrinho feito da carne e dos ossos dos mortos que havia transformado em carniça com sua simples mordida.

O catador de merda me perseguiu em sonhos durante todo o tempo em que permaneci na favela. A primeira vez me aterrorizou. Acordei, mas não consegui me mexer no catre que eu ocupava no barraco de Cleópatra. Fiquei muda e quieta e ainda sugestionada, quase parei de respirar escutando o barulho pesado que, pensei, meu rato fazia afiando suas garras contra as paredes sempre úmidas de todos os barracos da favela, e agradecendo a Nossa Senhora que a embriaguez da noite anterior tivesse me deixado desmaiada antes que me ocorresse tirar a roupa e o coturno. O pânico sempre consegue fabricar deuses dentro de mim.

Com a certeza de que ele só me atacaria se eu parasse de ficar alerta, passei muitas noites sem dormir. Noites inteiras conjurando o rato onírico com o barulho feito pelas legiões de ratos reais, que pulavam e corriam acima das chapas de lata do teto em uma coreografia incessante e complexa. Começava em cima, mas se desenvolvia em vários níveis. No chão, os vampiros amantes das sobras se chocavam contra as caixas de tetrapack que despencavam das mesas até mesmo quando não havia vento. Acho que esses eram os gatos: na cadeia alimentar de El Poso, os vermes dividiam os víveres por alturas. Éramos uma favela ecológica, reciclávamos quase tudo, até a própria merda que os ratos reais comiam, os festeiros after hour, os coprófagos.

A cadeia começava conosco, ou pelo menos assim pensávamos: bebíamos, comíamos e fodíamos mais ou menos como qualquer um, talvez um pouco mais, como todo mundo quando suspeita que o mundo está acabando, certamente mais do que ninguém nos excedíamos, não conseguíamos nos conter, não era o álcool porque dançávamos tanto que evaporávamos em suores, em frenesis rítmicos, em ardores que exorcizavam até os demônios, e não estou dizendo metaforicamente. Havia danças que expulsavam diabos, gente que desmaiava e quando voltava a si pedia perdão a todos por suas ofensas: assim, algumas noites terminavam em confissões, choro geral, abraços. Ernestito se converteu à Virgem Maria depois de uma tremenda orgia de reggaeton. Dançou como um possesso até que desmaiou e, quando acordou, desligou a música, ajoelhou-se diante da Ruiva e disse chega de conseguir grana fazendo boquete, que plantassem cenouras, que ele não pensava em comer nem mesmo um hambúrguer comprado com o rabo ou o cacete dela. Nem com os dele. Que ele tinha visto a Virgem enquanto dançava e que a Virgem não queria que eles vivessem de sexo e que, além disso, uma vez que as carpas estavam lá e plantávamos tomates e abobrinhas, comida não faltava para ninguém em El Poso. A Ruiva achou que ele estava certo e os dois acabaram ajoelhados aos pés da Virgem do reservatório e todos os outros atrás deles, também chorando.

Não era o jarro, nem o álcool que derramávamos no jarro, nem os psicotrópicos que a chinfra jogava no jarro de álcool, eu acho, mas de qualquer jeito as coisas desmoronavam e nós mesmos caíamos, embora tampouco fosse sempre o transe místico o que nos abatia. Eu caí pouco, e nenhuma das vezes que caí foi pelo impulso da divindade. Se as festas tivessem acontecido em minha época de jornalista, eu teria usado o grosseiro qualificativo de "bêbados" para nos descrever: o jornalismo não é profissão de sutilezas, mas naquela época eu mal a exercia. Em nossas festas, fui me tornando uma compositora. Deve-se dizer que não das mais sutis.

Místicos, extasiados ou bêbados, tanto faz, deixávamos muitas coisas espalhadas no fim de nossos banquetes. O que sobrava na mesa era comido pelos gatos e pássaros, e havia cenas tensas. Os gatos olhavam para os pássaros com olhos pensativos e os pássaros olhavam para os gatos com olhos assustados, mas não iam embora, não renunciavam à sua parte do banquete nem mesmo correndo o risco de se transformarem eles mesmos em iguarias. É claro que às vezes os gatos passavam da contemplação à ação e, mediante um arranhão de garras ou mordisco, enchiam de medo os olhos dos pássaros. Nossas aves também eram noctâmbulas, toda a favela era uma bagunça de bichos revelados: pombos (*Columba palumbus*), pardais (*Passer domesticus*), caturritas (*Myiopsitta monachus*), tico-ticos (*Zonotrichia pileata*), sabiás (*Turdus rufiventris*) e avoantes (*Zenaida maculata*). Eram um destacamento latino, incessante e insone. Tínhamos pragas de caturritas que perambulavam com os ratos, também elas por cima das chapas, e se escondiam nos vasos enormes de gerânios que Cleo tinha mandado — por sugestão da Virgem — dispor nos telhados em vez dos tijolos e dos restos de demolição que normalmente protegem esse tipo de arquitetura. Vista do céu, a favela era um jardim, era um bosque de gerânios com ninhos e tudo. Até joões-de-barro (*Furnarius*) os gerânios abrigavam, e acabavam germinando também sobre os ninhos.

O que os pássaros e os gatos não comiam era abocanhado pelos cachorros. Então os que tinham olhos duvidosos eram os gatos, e os que pensavam eram os cachorros e, às vezes, a tensão irrompia em batalhas que terminavam aos tiros: o primeiro vizinho que se cansava de não conseguir dormir atirava para o alto para que os cães, gatos e pássaros se assustassem. Os ratos reais permaneciam lá do mesmo jeito. Parece que as balas não os atingiam.

Tudo era morder, mastigar, tragar: escutavam-se os estalos, as deglutições e as fraturas com que o mundo come o mundo. Nossos ratos roíam tudo o que sobrava, a casca e o caroço de tudo: a casca de batatas e laranjas, os espinhos das carpas, os papéis engordurados que tinham embrulhado salames, as caixas de pizza, as unhas roídas cuspidas pelos favelados ansiosos, os potrinhos que as pobres éguas pariam entre os carros, a porra cuspida pelas putas, os pelos que caíam das depilações das travestis, a merda de todo mundo, essas coisas comiam os ratos da favela, tiradas também elas da cocaína que caía ou que ficava em cima das fórmicas das mesas sobre as quais também fornicávamos.

E as embalagens tetrapack, as tetras, eram chupadas e depois mastigadas devagarinho, assim como as camisinhas usadas. Os ratos acabavam bêbados, escalavam as paredes do reservatório, olhando para baixo, quem sabe tentando reconhecer seu próprio reflexo ou lamentando não ser anfíbios o suficiente para poder aproveitar melhor o banquete de carpas coloridas que davam voltas dentro d'água e que às vezes espiavam para fora.

Os ratos olhavam para as carpas e as carpas olhavam para os ratos e tudo se congelava naquele momento de contemplação, que em geral antecedia o amanhecer. A única coisa que se movia era o reflexo das cores da Nossa Senhora de concreto que presidia o reservatório com seus braços abertos e hospitaleiros, balançada pela brisa. Na favela nunca havia ventos fortes. Devia ser por causa do muro. Ou da Virgem, quem sabe.

Às vezes, alguns dos ratos mais gordos caíam no reservatório: acabavam flutuando como balões pestilentos. E então as carpas, acostumadas como estavam que a comida lhes caísse do céu — o céu éramos nós, aqueles que restassem de pé, que lhes jogávamos o que sobrava antes de ir dormir, assim que terminávamos a festa —, abandonavam a contemplação, mas não a paciência, e os comiam lentamente: as carniceiras esperavam que os ratos gordos apodrecessem bem e os chupavam pouco a pouco com suas bocas desdentadas. Cleo não queria, mas muitas vezes os deixávamos flutuando: as carpas pareciam alvoroçadas quando comiam a podridão dos ratos flutuadores, brilhavam, ficavam mais coloridas, o reservatório parecia um jardim de flores carnívoras e mefíticas.

Depois das festas, quase todas as noites, continuavam acordados os pássaros, os gatos, os cães, os ratos reais e eu, que me entupia de pó para não dormir e ficar à mercê de meu rato imaginário. Ao meio-dia eu tomava uísque para fazer a sesta, quando, à luz do sol forte de Buenos Aires, as ameaças dos pesadelos se desvaneciam. Durante o dia, eu estava certa de não poder ser devorada por um rato. Quando começava a entardecer, o medo voltava. Durante esses quarenta e um minutos que o sol demora para cair desde que toca o horizonte, quando no céu sete tons de azul podem ser vistos, aparecem as primeiras estrelas e até as maritacas se calam, o pesadelo começava para mim: o rato de meus sonhos estendia seu manto de terror ao mesmo tempo que a noite abria o seu, de escuridão. E eu começava a pensar, a argumentar com o pânico, que um único rato imaginário não poderia fazer nada contra mim, uma mulher real.

Como os demais ratos não se tornaram ameaçadores para mim é uma pergunta que eu não consigo responder com toda certeza ainda hoje. Eu não estava tão louca para achar que um único rato imaginário poderia me fazer de jantar, mas muitos ratos reais talvez sim. Contudo, mesmo naqueles dias eu não tinha muita fé nas multidões: "Se o povo unido não tem muita consciência de sua força unida, o que pode um bando de ratos unidos saber?", dizia a mim mesma. Esse pensamento também não me deixava dormir: alguma consciência nós tínhamos, como os ratos têm olfato. De qualquer forma, por mais que bebesse e cheirasse, não podia conceber um comando de ratos capaz de coordenar táticas e estratégias; só pensava que talvez eles pudessem medir forças com seu focinho, farejando, naquele quartinho minúsculo — feito de tijolos roubados, chapas de drywall, ácaros, umidade e papelão —, muitos ratos e pouca mulher. Vendo-os se dispersar pisando uns nos outros, eu dormia sem medo, embora sem soltar o revólver. Claro, nunca foi necessário provar se os ratos, unidos, podiam ser vencidos.

Na minha casa, a ameaça de rato teria evaporado em instantes e meu ateísmo nunca teria vacilado. No barraco miserável da favela, tudo sempre para cima, para baixo, para dentro e ao lado de outra coisa, tudo era possível. E às vezes era até divertido: de tanta sobreposição, tudo trepava com tudo, mesmo os cavalos amarrados às carroças subiam em cima de outros cavalos amarrados a outras carroças e se empilhavam para foder, destruindo carroças e papelão.

A Ruiva me despertava de todas as sestas com uma birra ao estilo mexicano: passava a boca do copo em um monte de sal, virava-o, punha os cubinhos de gelo, jogava neles molho inglês, um pouquinho de tabasco e depois a cerveja. Eu gostava do goró e, por volta das sete horas, sempre aparecia ao meu lado a Cleo, com um copo trincando de gelado. Eu acordava, tomava um gole, e os tiros soavam e as colunas de som bramiam: "Hoy salgo pa'la calle cazando/ a par de locos papi que están fantasmiando/ yo siempre ando ready".[13] Como uma cerimônia, a cerveja, o molho picante e o sal me arrancavam da sonolência e da ressaca do uísque do meio-dia, a verborragia da ruiva me tirava dos pesadelos, e os tiros, do início da festa da cama.

Tínhamos instalado luzes coloridas nos tetos dos barracos para os bailes. Elas se acendiam e todo mundo chegava, como se fosse um sinal. E eram mesmo sinais, como também era um sinal que alguém faltasse duas ou três vezes seguidas: ou estava preso ou estava morto, então procurávamos em delegacias e hospitais. Jéssica sempre aparecia na hora da comida. Apesar de viver entupida de bolinha, nunca deixava de cumprir alguns papéis de gênero. Kevin quase não foi registrado, um filho em troca de uma carreira de pó aos dezesseis anos é um preço muito alto, mas durante a comida ela fazia o prato do garoto e se certificava de que suas roupas estivessem relativamente limpas, embora não soubesse de onde saía aquilo

---

13 "Eu saio às ruas caçando/ o par de loucos, papi, que estão fantasmeando/ eu sempre ando pronto", em tradução livre. Da cúmbia "Ando ready", de Hector El Father.

que o filho dela, meu filhinho, estava usando. Eu comprava para ele, gastava fortunas em seus caprichos de hip-hopper de jardim de infância. Ou Wan trazia para ele, Wan que negava toda paternidade, mas se comovia com Kevin: "Não ser filho Wan, mas parecer", dizia, e dava-lhe pijaminhas chineses de plush e estampa de dragões que Kevin amava. Eu o imaginava adolescente, com dragões tatuados nos braços e nas costas.

O Galo se barbeava e dava banho nos catorze rebentos que ele tinha com a Ruiva: assim que abandonaram a prostituição, começaram a se dedicar a cuidar de tudo que era criança solta na favela. Havia muitas delas, e o Galo se esmerava em mantê-las limpinhas e bem penteadas; os meninos com gel, as meninas com marias-chiquinhas e os adolescentes com topetes descoloridos e duros como se estivessem engomados. É que antes de ser garoto de programa o Galo tinha sido pedreiro; os dois ofícios compartilham uma paixão pelos cabelos bem cuidados, e ele somava paixões e conhecimentos. Os quinze chegavam feito uma foto de cabeleireiro popular quando sua esposa e madrasta tinha prontas as jarras de goró e as de suco de laranja, que era o que as crianças da favela tomavam. O Torito e Helena sempre chegavam mortos de fome, ele vestido como uma estrela da cúmbia e ela com os mesmos jeans rasgados de brim francês que usava em toda festa. Quase tudo o que eles faziam era fumar um fininho e trepar, então estavam sempre morrendo de fome. Helenita supervisionava o desenvolvimento das carpas e o reservatório, mas tudo estava indo bem, então o trabalho levava poucos minutos. Dani também vinha, mas nem sempre, porque não suportava as sobremesas de Cleópatra. Acho que ele estava realmente apaixonado.

A mesa era muito comprida: usávamos de banco uma das muretas do reservatório, que tinha cem metros de largura.

Muitas tábuas sobre trinta cavaletes sustentavam a mais comunitária de nossas refeições. A Ruiva e algumas outras travestis, todas com delírio de barwomen, traziam tanta bebida que era trago atrás de trago. Na terceira ou quarta rodada, todos os corpos começavam a ondular ao ritmo furioso do reggaeton: "Le doy cremita que de esta nadie tiene/ como en la mano y en la boca se te viene",[14] cantávamos. Sim, eu também: no início resisti à estupidez das letras, recitava cancioneiros antigos ("Bailemos las tres, amigas queridas,/ bajo estas avellanedas floridas;/ y quien fuere garrida como somos garridas,/ si sabe amar,/ en estas avellanedas floridas/ vendrá a bailar")[15] para não perder a linguagem, mas o ritmo do reggaeton, uma música que é puro sexo quando se bebe e se dança, ia me conquistando e eu começava a entrar na melodia: "Chupemos las tres, amigas queridas/ de estas conchudas heridas/ y que le dé duro la que sea aguerrida,/ y si sabe perrear,/ se va a ir a menear a Florida/ y después a bailar."[16] Lá pelo sexto Fernet com Coca-Cola eu começava a recitar aos gritos; de acordo com Cleo, essa primeira cantiga mesclada com reggaeton foi profética: "Amor, cê tá percebendo que a gente tá aqui mexendo a raba na Flórida, como cê profetizou?", ela me perguntou depois da estreia da ópera cúmbia em Miami.

---

14 "Te dou creminho, que deste ninguém tem/ como na mão e na boca ele te vem", em tradução livre. Do reggaeton "Repórtense", Don Omar.

15 "Bailemos nós já todas três/ ai amigas/ sô aquestas avelaneiras frolidas/ e quem for velida/ como nós, velidas/ se amigo amar/ sô aquestas avelaneiras frolidas/ verrá bailar", cantiga medieval de Airas Nunes.

16 "Chupemos as três/ amigas queridas/ essas xanas feridas/ e que chupe fundo/ a que seja aguerrida/ e se souber farrear/ vai pra Flórida rebolar/ e depois vai dançar", em tradução livre.

Porém isso foi muito mais tarde. Naquela época, o que estava acontecendo era que a música entrava em meu corpo e no léxico de minha mente, e o que antes me parecia estúpido se tornava potência em todas as células. Não que eu achasse que as letras não eram mais estúpidas, era que a estupidez desaparecia como um critério de avaliação, minha carne gostava do ritmo agitado e eu me agitava também e desfrutava do churrasco desenfreado, das filas de linguiça espremidas nas megachurrasqueiras, das jarras com bolinhas, de reggaetear, como dizia Jéssica, de cumbianchar, como dizia o Torito, de sacudir a raba, como todos diziam, "puro tan tan e choripán, el mejor plan",[17] diziam as mariconas na hora da sobremesa e gritavam a cúmbia ainda mais alto, "que levante las manos el que quiera jalar reflashar, reloco reflashar, bailando reloco pa'lante y pa'tras",[18] e eu cheirava muito louca e me remexia para a frente e para trás e cheirava outra vez e me lembrava do plano de escrever uma reportagem que tinha me levado à favela e pegava o gravador e corria atrás de Cleo e Cleo me falava da Virgem sem parar, até quando estava de pé trepando com alguém ela me falava sem parar. Minha amada diz que foi "o milagre de permanecer vivas", mas isso foi depois, a semente do amor foi plantada na favela, que maravilha, ela se derretia com minhas investidas: ficava toda excitada que eu a encarasse com o microfone na mão, e eu lhe perguntava e perguntava até quando estava acoplada, enganchada, "engastada", diz ela que tem esses delírios queer de joia, de pedra preciosa, de safira. Cleo começou a morrer de amor pelo meu desejo por suas

---

[17] "só dá tan-tan e choripán, o melhor plano".

[18] "que levante as mãos quem quiser puxar fumo e viajar, trilouco alucinar, dançando muito louco pra frente e pra trás", em tradução livre. Da cúmbia "Te invito a bailar", Eh Guacho.

palavras e me contava e cantava suas histórias e teorias, mesmo com dois cacetes na mão ou metendo nas entranhas de alguém com a própria pica. E ninguém reclamava, porque uma esporrada de Cleo era um pouco como água benta para todos nós, por transitividade: minha mulher é a escolhida de Nossa Senhora. E eu também comecei a cair ali, fiquei excitada com meu objeto de estudo que interrompia meus questionamentos quando rugia como uma leoa, Cleo gozava e eu me molhava e acabava trepando na vara lubrificada de algum pivete, de qualquer um, de quem estivesse passando. Em cada barraco, em cada mesa da favela tudo era branco, branco do pó das carreiras e branco dos fluidos das bolachas que se pegavam, teta contra teta, e acabavam todas desgrenhadas, fumando um baseado quando pintava a cúmbia lenta do maconheiro: "bailen cumbia cumbianchero/ Que llegó el fumanchero/ fumando de la cabeza/ empinando una cerveza".[19]

A essa altura da festa, meu rato estava deitado de barriga para cima, sem crinolina nem direção, remexendo-se como louco na curvatura de suas costas e movendo as patinhas ao ritmo da cúmbia. Mas era um monstro que não caía por nenhuma garrafa. Alguma coca sempre voava de alguém e sempre caía sobre meu rato. Um autêntico círculo vicioso esse de meu pesadelo, que sempre acabava reciclado por tudo o que eu tomava para evitá-lo.

---

[19] "Dance cúmbia, cumbianeiro/ Que chegou o maconheiro/ Fumando até dizer chega/ E virando uma cerveja", em tradução livre.

19.
Qüity: "Ele explodiu com um tiro"

Ele explodiu com um tiro
quando buscava o bonequinho;
o menino morreu sem suspiro:
pobre, só, frio e durinho.

"Mamíferos, Kevin, são os que vêm de uma mami." Quando Kevin entendia algo, sorria e seu olhos se enviesavam como os de um chinês. Nas tardes em que Wan fechava o supermercado por um tempo e vinha alimentar as carpas com sua prole legionária, Kevin ficava feliz e se perdia no meio da turma. Parecia filho de Wan, e quem sabe fosse mesmo; Jéssica, sua mãe, não tinha muita certeza e falava que havia tido "um rolo com o china". Wan não achava muito provável: "menino nasceu treze meses depois", jurava, mostrando as duas mãos abertas e depois três dedos da direita, mas nunca deixou de enviar a Jéssica mantimentos do Hermosura para que Kevin comesse bem. Toda semana ele mandava arroz, latas de atum, tomates, leite em pó, e umas bonequinhas chinesas que cantavam canções impossíveis até que as baterias chinesas acabassem, o que, por sorte, costuma acontecer bem rápido. Nem mesmo quando eu apareci e me encarreguei de cuidar da criança ele parou de trazer suas sacolinhas.

Kevin me adotou. É por isso que eu fiquei. Jéssica estava perdidíssima: tinha se tornado groupie da Coca's, uma banda de cúmbia que fazia jus ao nome. E Cleópatra, tia de Jéssica e tia-avó de Kevin, estava perdidíssima lá no alto de sua loucura, conversando o dia todo com Santa Maria, e, na complexidade de sua missão religiosa, organizando a favela. Então, quando Kevin entendia algo e ria, parecia filho de Wan, e me abraçava. Ainda sinto o corpinho de Kevin, aquele jeito amoroso, quentinho e confiante de se grudar em mim que ele tinha, como se eu fosse um lar. É estranho isso, meu corpo não costuma ter memória. Não me lembro sequer do corpo dos homens de que mais gostei. Nem mesmo Jonás, nem mesmo o pau de Jonás que me deslumbrou nos primeiros meses na favela, até que ele se perdeu entre as grã-fininhas escrotas que nos visitavam e eu comecei a me perder no regaço de sua tia, tão semelhante a ele mas muito maior e mais bonita. Seu corpo foi se fundindo no corpo de Cleópatra até que Jonás desapareceu completamente, muito antes de estar morto e um pouco antes de que Cleo e eu fôssemos surpreendidas pelo amor que continua a nos surpreender a cada dia.

    Jonás percebeu antes de mim, os amantes sempre sabem, e ele ria e me dizia: "Cê tá cada vez com menos preconceito, hein, primeiro cê trepa com um negão que nem eu e agora tá me saindo uma sapa embucetada: quer transar com uma travesti preta. E nem pensa que só porque ela é travesti cê vai conseguir dominar ela: minha tia, mesmo sendo tão mulherzinha como cê tá vendo, é capaz de te deixar de quatro. Antes de ser famosa por causa da Virgem, ela já era famosa pela anaconda que tem no meio das pernas". Eu nunca soube se ele achava divertido ou estava com ciúmes. Também nem me importei. E minha amada eu comecei a amar mais tarde, quando a favela já estava entre os escombros e de Jonás eu quase nem me lembrava, só chorava sua morte. Mas de Kevin me lembro até hoje. Nem mesmo Cleopatrita conseguiu apagá-lo de mim.

Ele ficou comigo desde o primeiro dia que passei na favela, desde aquela manhã ainda fria, mas cheia de jasmins de um novembro que parece remoto por tudo o que morreu desde então, mas que aconteceu faz poucos anos. No início do almoço, ele apareceu do meu lado e de alguma maneira — ele ainda não falava — me pediu que lhe desse de comer. Eu entendi, achei divertido o brilho mudo daqueles olhinhos pretos e o sentei em meu colo. Um pouco depois, quando já tínhamos comido bastante, Kevin acariciou meu rosto com suas mãozinhas cheias de churrasco e maionese e logo em seguida me deu um beijo e me abraçou.

Por coisas assim é que eu digo que ele me adotou, Cleo, não se ofenda, quando digo que Kevin se refugiou em mim não é em tom de censura. Não sei, me parece o seguinte: você ficava com sua Santa Maria o dia todo, e Kevin e eu estávamos muito solitários. Oh, não, não estou te criticando, chega, Cleo: eu também não estava ao lado dele quando ele mais precisou de mim, eu também não consegui abraçá-lo, dar-lhe calor enquanto o calor o abandonava, levá-lo de ambulância para o hospital e ameaçar todo o corpo médico para salvá-lo, ou simplesmente aquecer seu corpo até o fim.

Eu sei que sempre conto isso, não é que eu me esqueça de que já contei, é que a cena não para de acontecer dentro de mim: naquele primeiro almoço Kevin encontrou meu revólver e começou a brincar de tiro, que estava morrendo de uma bala: ele ainda não falava, mas já atuava muito bem, gritou "buuuuuum", pôs a mão no peito, cambaleou, caiu no chão e ficou quietinho por alguns segundos até que não conseguiu mais segurar o riso e o desejo de ver a aprovação no rosto dos outros. Lembro-me de suas risadinhas uma vez, e outra vez se fingindo cair, e outra vez seu corpo quieto, como se minha mente tentasse achar algum consolo, mas fracassa, como se quisesse substituir o que não vi, o momento em que ele foi realmente baleado e morreu para sempre, por causa dessa outra cena de brincadeira. Porém, não adianta: já faz um bom tempo que quase não penso na morte de Kevin, mas essa outra cena, essa que eu conto e reconto, me dói na carne, meus batimentos cardíacos se aceleram, algo se partiu em meu coração com a morte de Kevin e eu não estou falando besteira, não é nenhuma metáfora: desde que destruíram a favela e meu menininho foi assassinado, meu coração começou a soar como uma máquina avariada, perdeu o ritmo, começou a fazer ruídos estranhos, perdeu a elasticidade, às vezes se contrai e permanece assim, doendo, cerrado como um punho, e eu sei que vou morrer disso, apesar do exército de cardiologistas que nos atendem.

Também tenho belas memórias, mas elas me doem quase tanto quanto as outras. E a morte daquele filho da puta do Chefe, saber que de algum modo ele morreu por minha causa e minha determinação, embora não tenha sido eu que atirei nele, não diminuiu minha dor.

Você me pergunta por que deixei o Dani matá-lo, Cleo. Para acabar com ele, minha vida, para fazer um pouco de justiça. Não, não era suficiente que fosse preso; além do mais, ele não ia para a cadeia.

Mas agora quero continuar falando de Kevin, meu primeiro lar, daquele bebê que fez uma casa para mim, lá em seu barraco da favela, naquele quarto cheio de anjinhos que você tinha feito com gesso, folhetos de santinhos e pelúcia. Eu acho que no primeiro dia em que fiquei para dormir em seu barraco, fiquei sem querer: foi por causa de Kevin, que apareceu de pijama abraçando seu boneco favorito, o cozinheiro careca. Quando eu já estava muito bêbada e triste, tinha começado a chorar, não me lembro por quê, talvez eu nem soubesse então, Kevin me viu, correu até o barraco e voltou com um rolo de papel higiênico. Começou a me vendar, você se lembra, Cleo querida?, ele me enfaixou inteira, da cabeça aos pés com papel higiênico, eu parecia uma múmia, aquele menininho era tão amoroso, ele estava me curando, não deixou nenhum pedaço de mim sem cobertura e no fim pegou minha mão e me levou para sua cama e me abraçou e começou a cantar algo, era como uma canção de ninar, uma cúmbia doce em sua boquinha e em seu corpinho que me aqueceu para sempre, esse mesmo corpinho que, gelado de morte, também me congelou e me estilhaçou como se o lar que ele e eu tínhamos construído fosse de algum tipo de vidro, e esse lar não morreu com ele, amor, Kevin o construiu para mim e ele continua aqui com você e com Cleopatrita, mas estremecido por causa da morte dele, como se você, eu e até mesmo nossa filhinha que nem sequer era um embrião quando tudo isso aconteceu, como eu bem sei, como se todas nós devêssemos algo a ele, a vida que ele não teve, como se fôssemos culpadas de viver sem ele.

Naquela tarde, eu tinha ido à minha casa para pegar algumas coisas. Ele queria ir comigo, mas eu tinha de ir ao banco e ao jornal para terminar de acertar mais um ano de licença não remunerada ou meu desligamento definitivo, não me lembro muito bem. E fiquei na rua até mais tarde, e então, a dois quarteirões do jornal, me ligaram para me dizer que haveria uma operação e eu liguei para Daniel, que foi verificar e depois me confirmou; aí reuniu umas pistolas Ithaca e correu para a favela, e eu também fui correndo feito louca.

Eram seis e meia da tarde, eu bati em vários carros que estavam à minha frente, o meu ficou todo amassado, era uma confusão dos diabos, mas eu ainda consegui chegar à Panamericana em quarenta minutos; cheguei até a Márquez, e lá estava tudo interditado pela polícia e seus carros de assalto e seus patrulheiros e sua infantaria com coturnos e metralhadoras. Abandonei o carro lá e continuei andando por baixo da rodovia, ouvindo os tiros de longe, e, quando cheguei, já não havia quase ninguém: as escavadeiras trabalhavam e Nossa Senhora já estava sem cabeça e as carpas flutuavam mortas na superfície do reservatório, e havia apenas tiras e metralhadoras. Eu era jornalista e entrei com os outros jornalistas, alguns eram meus amigos e eu lhes pedi para me ajudar a procurar Kevin e acho que todos me ajudaram, até mesmo aqueles que não eram amigos. Estávamos procurando um pretinho divino, com carinha de chinês, dessa altura, e não o encontramos e também não encontrei Cleo e continuei procurando quando Daniel apareceu, até a manhã seguinte estivemos entre as escavadeiras e nada, ninguém. Nunca mais o encontrei.

Dias depois, conseguimos as cópias das câmeras de segurança e também tudo que tinham conseguido filmar alguns carinhas de uma universidade alemã que estavam fazendo um documentário; e também os celulares de muitos dos pivetes. Ali eu vi meu filhinho morrendo sozinho, ele nem sequer conseguiu abraçar o boneco que estava a dois metros de seu corpo, morreu com o braço estendido em direção ao cozinheiro, agitando-se com as convulsões que a morte lhe provocou.

20.
Cleo: "Cê não tava lá"

Cê não tava lá, Qüity. Era eu que tava lá. Sou eu que preciso contar. Eu dito pra você. Anota bem, porque eu tô te contando as coisas como aconteceram. Muitas vezes já me chamaram de louca, desde pequenininha, todas nós mariquinhas somos chamadas de loucas, isso porque eu não tô nem falando da gente que fala com Nossa Senhora ou com algum santo ou com Deus mesmo: todo mundo pensa que a gente é lelé da cuca, acreditam que a gente tá beeem louca, eu não sei por que é assim, nunca pensei muito nisso, nunca tenho tempo pra pensar muito em qualquer coisa, mas não sou louca, nunca me senti louca, apesar de ser assim que cê tá me fazendo parecer no teu livro, Qüity. Até esse dia que cê tá contando, eu nunca achei que tava louca.

A gente ouviu os helicópteros antes de tudo; eu nem fiquei preocupada, tava falando com a Virgem uns minutos antes, ela me disse "cuidai-vos, meus filhos", mas eu não prestei atenção nela, eu pensei que era uma saudação como qualquer outra, todo mundo diz um pro outro "se cuida", como diziam "até logo" ou "tchau" lá na Argentina, em vez de dizer "adeus" como dizem aqui e tantas vezes a Virgem diz, "adeus", ela diz e parece bom pra mim, porque falar assim tem a ver com Deus.

Não prestei atenção nela porque eu pensava que ela cuidava da gente e eu não me preocupava, ou nem tanto, eu só tentava fazer com que os pivetes não ficassem cafungando e que não levassem nossas bebeias pra boca e que todo mundo usasse camisinha e nada mais, pensava que ela cuidava do resto. Quando a gente ouviu os helicópteros, me deu só um pouco de medo, a gente já tinha sido chamada na prefeitura, disseram pra gente desativar a favela. Que a gente ia mudar pra um bairro maravilhoso, juraram, mostraram desenhos e maquetes que a gente levou pra criançada brincar de carrinho e de Barbie. Falamos que a gente não podia mudar porque naquele bairro bonito que eles queriam fazer em La Matanza não tinha lugar pro reservatório nem pra pôr a Virgem, mesmo que o bairro tivesse o projeto de construir uma capela; ninguém gosta de viver num lugar chamado Matanza e nossa Virgem também não; além do mais, ela não gosta de ficar presa num lugar fechado, a gente também falou isso e o padre Julio tava lá e foi ele que me disse não, que eu não sabia nada sobre Nossa Senhora, que eles já tinham enfiado ela nas igrejas fazia mais de mil anos, desde que começaram a adoração dela, cê sabia que antes nem davam bola pra Virgem, Qüity? E que eles nunca tinham recebido queixas, pelo contrário, que a Virgem se plantava de vez em quando em algum lugar e pedia que fizessem uma igreja pra ela como tinha acontecido lá em Luján, que em 1630 carregavam uma estatuazinha dela igual aquela que tá agora em Luján e nos santinhos e em todos os lugares, até nos carros de patrulha, porque, ai, Qüity, cê sabia que ela é padroeira da polícia também? Às vezes eu acho que eles rezaram pra ela mais que nós na noite antes do massacre e foi por isso que ela não avisou a gente, mas ela diz que não, ela não sabia e não para de jurar, e uma vez chorou pra mim e tudo, porque eu não acreditava nela, sei lá, deve ser verdade, a Virgem Maria não pode mentir, acho. Lá em Luján levavam ela numa carreta e a carreta não saía do lugar, mesmo se tivessem instalado um jugo de mil bois, porque as carretas puxam mais que mil pentelhos da buceta, Qüity; aí eles descarregaram a carreta, porque pensaram que devia estar muito pesada, mas não andava mesmo assim e então desceram a Virgem, que era uma estátua pequenininha, e a carreta começou a andar e eles subiram a Virgem e ficaram parados de novo e fizeram tudo mil vezes e aconteceu sempre a mesma coisa, então eles se deram conta de que a Virgem tinha o desejo de ficar lá e então levaram ela pra casa de um fazendeiro vizinho. E pra lá a Virgem deixou que levassem ela.

Eles chamavam ela de "Nossa Senhora da Estância", que é parecido como chamam a nossa, "Nossa Senhora do Barraco", chamam ela assim por causa da gente, que na favela todo mundo é preto barraqueiro (e até as velhas grã-finas lá do bairro chamam a gente desse jeito), mas a Virgem de Luján naquela época era chamada de Estancieira porque os fazendeiros mantinham os pretos empilhados dentro das estâncias, não como fazem agora com a gente, Qüity, que deixam todo mundo nos barracos mas afastados das casas, tudo amontoado nas favelas. Também chamavam ela de "Padroeirinha Morena", e isso era por causa do preto Manuel, que já tava lá na estância desde pequenininho e se apaixonou pela Virgem, então os patrões deixaram ele cuidar da santa e toda a vida o preto passou cuidando dela. Nossa Senhora gosta dos pretos, Qüity, e também das pretas, e das travestis pretas eu tenho pra mim que ela gosta duas vezes mais.

Bom, o padre Julio me contou toda essa história e eu disse pra ele que ia perguntar pra Virgem, mas que o nosso reservatório tinha sido uma ideia dela, como foi a basílica de Luján, e que ele mesmo tava me explicando como a Virgem podia ser teimosa, então por que que ele pensava que agora ela ia querer se mudar?, eu perguntei. O padre Julio insistiu, me disse que ia ser pro nosso bem e que se a gente falasse com os arquitetos com certeza eles iam encontrar um jeito de fazer um reservatório. Eu nem dei bola, não entendi esse papo de que ia ser pro nosso bem, tô achando agora que era uma ameaça, mas os padres são quase sempre muito diplomáticos e cê tem que estar no ambiente deles pra entender bem quando ameaçam e quando aconselham, embora a verdade é que eu nem sei se tem alguma diferença. No ambiente do padre Julio eu já tinha ido bastante, mesmo no quarto do Julio eu já fui, entre os próprios lençóis dele que o padre chuviscava com água benta, talvez eu não tenha entendido a porra da ameaça naquele dia, pensei que se fosse muito sério a Virgem ia me contar, e todos nós fomos embora felizes, bom, nem todo mundo, eu fui embora feliz, cê tava preocupada e os pivetes ficaram brancos quando contamos pra eles, mas então alguém ligou a música e todo mundo esqueceu tudo.

Além disso, os trâmites na Argentina sempre demoram bastante, quem ia pensar que a justiça ia ser rápida se a gente tinha um monte de amigos presos por engano esperando quatro ou cinco anos pra ser julgados.

Então, quando ouvi os helicópteros, pensei que não podia ser, nem saí do barraco pra olhar; tava fazendo uma faxina e não queria parar porque de outro jeito eu não limpava mais e tava tudo nojento de sujo. Os pivetes olharam pra cima e viram tudo azul-escuro e antes que eles viessem me avisar pra rezar pra Virgem, desenterraram os revólveres e todas as armas que tinham escondido desde que a Santa Maria tinha chegado na favela. Só depois é que eles me avisaram.

O Ernesto veio e quando eu perguntei por que tinham demorado tanto pra me chamar ele olhou pra mim com raiva e me disse que eu não enchesse o saco com essa besteirada, que eles tavam vindo pra cima da gente por terra e por ar e que a gente tinha que se defender e que não era hora de fazer roda de oração, que eu rezasse tanto quanto quisesse, que eles já tinham falado com uns meganhas e que eles tinham ordenado que a favela fosse desocupada e que eles tinham falado não e os tiras então falaram pra tirar as mulheres e as crianças, e as mulheres disseram nem a pau, e que então os canas ficaram putos e disseram que iam entrar e levar todo mundo de qualquer jeito.

Peguei na mão do Kevin e levei ele pro reservatório pra orar pra Virgem, e rezei muito alto, um pouco assustada, porque pensei que a nossa gente tinha perdido a fé, e por isso o Pai, o Filho, o Espírito Santo e a Virgem Maria sempre te fazem pagar, Qüity, então eu rezei muito alto e o Kevin também rezou, mas ela não respondeu a gente e quando eu ouvi o estrondo do muro caindo, era um barulho como de demolição, meu amor, de entulho e chapas rangendo, e depois o barulho das balas e o barulho daqueles que gritavam e choravam porque tavam feridos ou porque tinham matado um parente ou um amigo, ali eu achei que tava louca. Pela primeira vez na minha vida eu tive uma crise de fé.

De repente eu me senti sozinha e me vi falando sozinha com um pedaço de concreto, enquanto o mundo tava desmoronando e nada nem ninguém protegia a gente mais do que nós mesmos. Então eu peguei o Kevin de novo e fui pras barricadas que os pivetes e as minas tinham feito com os escombros e com as chapas e com os pedaços dos vasos dos gerânios que a gente tinha colocado no teto dos barracos. Quando eu me lembro disso, parece tudo bem louco, a gente fazia barricadas com flores, meu amor, como se em vez de um bando de pretos furiosos a gente fosse um monte de hippies dementes. Nas barricadas eu me senti mais acompanhada, mas tinha uma tremenda solidão em tudo, era como quando minha mãe morreu quando eu era criança, Qüity, não tinha Deus nem Virgem no mundo, nada além de mim e dos meus irmãozinhos e a besta do meu pai policial. Então eu também atirei vasos, entulhos, ferros, e também atirei com um rifle AK-47 que os pivetes me passaram quando viram que eu também tava brigando. Todo mundo sabe que eu tenho muito boa pontaria, Qüity, meu pai me treinou quando eu era muito pequeno, desde os cinco anos eu passava todo domingo praticando tiro ao alvo num descampado em vez de ir na missa.

O Kevin eu segurava pela mão o tempo todo, até quando atirava, eu falei pra ele ficar agachadinho no fundo da barricada, te juro, mas atiraram na cabeça do que tava do meu lado, era o Jonás, e eu larguei tudo, o rifle e a mão do Kevin, pra pegar o pedaço da cabeça do Jonás que tinha sobrado, foi um instante, e acho que foi nessa hora que o Kevin viu o Pototo, aquele boneco careca que ele amava, jogado na lama, e saiu correndo e eu só me virei, como se eu soubesse, e vi ele atravessando o campo de batalha e vi a bala que também entrou na cabeça dele quando ele já tava a menos de um metro do cozinheiro careca, o seu Pototo, e conseguiu esticar a mão pra pegar o boneco quando ele já tinha a bala dentro dele e tava morrendo, coitadinho, Qüity, e eu corri pra abraçar ele e pra ele não ficar sozinho, eu, mais sozinha que nunca, sem Virgem nem Deus nem merda nenhuma, e também me deram uma porrada na cabeça e eu desmaiei sozinha e louca e desesperada e pensei que isso que era o mundo.

Depois da porrada, não sei o que aconteceu: eu me lembro só de dois dias depois, que eu apareci andando como um zumbi com a cabeça da Virgem numa sacola de plástico e falando sozinha em Grand Bourg. Uma travesti que tava indo pra labuta me reconheceu, me levou pra bocada dela e ficou comigo. A gente ficou muitas horas conversando em torno do braseiro que tinha na porta do cafofo dela, tava muito frio, e pouco a pouco eu fui me lembrando e chorei e chorei e chorei bem alto e xinguei Nossa Senhora aos gritos, disse pra ela as coisas mais horríveis que passaram pela minha cabeça, "mosca morta" foi a mais levinha, depois terminei dizendo coisas piores, "bucetuda", eu disse, "puta traidora filha da puta", eu disse, "escrota estuprada por uma pomba, arrombada, cagueta do filho da puta de Deus". Eu chamei ela de tudo que é nome e não aconteceu nada, a Virgem nem tchum, não apareceu, e eu fiquei convencida de que tudo tinha sido um delírio meu, que não tinha Virgem nem Deus nem o caralho, e então a única coisa que sobrava era esse meu corpo, e como cê diz, Qüity, o corpo dos mortos se tornando vermes e terra e fotossíntese e merda e nada.

21.
Qüity: "Tratores e escavadeiras"

> *Tratores e escavadeiras*
> *duplo feito alcançaram,*
> *not only nos aplastaram:*
> *they also did o relvado*
> *pro povo do country privado.*

Não foi como um tsunami nem um terremoto nem uma avalanche. Ou sim, mas então vivíamos como aqueles que vivem em terras nas quais se sabe que essas coisas podem acontecer. Então se teme o terremoto, tenta-se fugir do tsunami e se constroem barricadas contra a avalanche, mas sempre que acontecem eles surpreendem, você nunca está pronto: os feridos ou os espancados sentem primeiro a surpresa, ela vem antes da dor. Porque não se pode estar pronto para o desastre; os que estão preparados o evitam, fingem que não existe. Quero dizer que ninguém está pronto, por exemplo, para um bombardeio; exceto aquele que pode fugir do bombardeio, e então o bombardeio não aconteceu. Aconteceu com os outros, com o lugar onde antes vivíamos e agora são escombros e vizinhos mortos. Nem o condenado à morte deixa de ser surpreendido pela bala, mesmo que tenha passado horas observando como o pelotão de fuzilamento foi formado e esperando, então, que um tsunami chegue justo até os soldados, que um terremoto abra uma fenda e os trague ou uma avalanche os esmague. Mas essas coisas nunca acontecem com os pelotões e, se os condenados não estiverem amarrados, vão tentar deter as balas com as mãos, vão cobrir o rosto como no quadro de Goya ou se encolherão sobre si mesmos contra uma parede: não estou fazendo profecias, já faz vários séculos que se fuzila e as pessoas se defendem sempre do mesmo jeito.

É que ficar à espera da morte é algo impossível: a vida resiste a ela até o último momento. E, quando para de resistir, não é mais vida. Então não há espera, há luta e há surpresa até o fim.

Não sei o quanto lutamos e, dado que perdemos, não posso deixar de concluir que não foi suficiente. Suficiente só teria sido se nos transformássemos em um exército, mas se virássemos força armada teríamos deixado de ser o que éramos: uma pequena multidão alegre.

Resistimos. Conseguimos que Baltasar Postura matasse a Besta, o líder dos primeiros carrascos nas mãos dos quais padecemos. Quando o carro da Besta se transformou em merda na rodovia pensamos que havia acabado, que tínhamos vencido e poderíamos continuar vivendo em paz, que ninguém forçaria os pivetes a sair para roubar ou as minas a se prostituir. E de certa forma estávamos certos: o chefe da Besta não estava mais interessado nesses negócios. Ele nunca tinha se interessado muito. Ele queria construir, estava na crista da onda do tsunami imobiliário. De alguma forma, não é muito difícil adivinhar qual, ele obteve a posse das terras. Deve ter custado muito caro, porque o Conselho Deliberativo lhe outorgou pleno direito sobre elas. E nisso ele teve a aprovação de Postura, que, desde que havíamos começado o negócio das carpas, tinha perdido nossos pivetes, que antes reforçavam suas tropas. Em troca, o Chefe prometeu construir um conjunto habitacional nos últimos terrenos baldios de La Matanza.

Muita gente morava em El Poso havia mais de cinquenta anos; e isso dá direito de posse, como qualquer família de proprietários sabe quando ouve as histórias dos avós e tataravós sobre as origens da fortuna do clã. Quero dizer, cercava-se o terreno com arame farpado e ao longo dos anos e à força aquilo se tornava um título de posse. De qualquer forma, não creio que é necessário argumentar muito: havia cerca de cinco gerações de favelados nascidos na favela; os pobres se reproduzem quando são muito jovens. As crianças mais jovens na favela eram a quarta e até a quinta geração de favelados. E havia o reservatório, com as carpas tão propensas à reprodução, apesar de toda a superlotação, como seus proprietários. E havia a Virgem que já era Nossa Senhora do Barraco, tão barraqueira e favelada quanto sua médium, minha amada Cleo.

Começamos a nos armar um pouco mais, mas não o suficiente; jamais imaginamos aquele despropósito. Os traficantes de armas sabiam; eles prestam atenção nas notícias e, quando farejaram o conflito, apareceram como se tivessem sempre estado por ali, como se tivessem crescido na lama, e nos ofereceram até morteiros. Não sei o que teria acontecido se tivéssemos aceitado. O Chefe mexeu os pauzinhos na mídia e começou a publicar notícias sobre crimes cometidos pelos pivetes. Eram praticados por outros ladrões que ele arrebanhava nas favelas vizinhas, mas para a opinião pública um preto é sempre igual a outro, e quando a informação se retificava já era tarde, já se instalara a sensação de que éramos um bando de lobos. Comecei a falar um pouco em nome de todos e ao lado de Cleo, votou-se assim porque eu era uma das poucas pessoas que tinha uma boa oratória e vivia em El Poso.

Estávamos muito preparados, então, caso algo acontecesse, inclusive bastante armados. Mas não éramos um exército, insisto, teria sido deixar de sermos nós, os livros, os alegres. Estávamos muito preparados, sim, mas nunca imaginamos a ferocidade da repressão: jogaram um exército em cima de nós, só posso comparar o aparato de infantaria que nos enviaram com o Likud na Palestina. Metralhadoras, escavadeiras e a decisão de avançar custasse o que custasse. Para nós, o custo foi de cento e oitenta e três mortos. Para eles, de quarenta e sete. Mas avançaram da mesma forma. E aqui estamos. Nós, em Miami, convertidas em estrelas, depois de uma temporada paranoica em minha casa e de luto na ilha. Wan foi para a China e só este ano voltou para a Argentina. A Ruiva e o Galo estão na casa de reabilitação em Laferrere. Helena, no aquário com seu Klein e seus golfinhos tagarelas. Os cento e oitenta e três, apodrecidos ou já transformados em pó no cemitério de Boulogne. Os demais, não faço ideia.

22.
Qüity: "Voltei para casa"

Voltei para casa, fiquei sozinha ali em meu loft de Palermo com sua temperatura agradável, o ar brilhando límpido, o armário dos remédios cheio. Primeiro veio o alívio, os vinte minutos das pílulas se tornando água benta sob a língua, seguido pelos últimos momentos de calma, porque foi então que eles apareceram e nunca mais foram embora: os fantasmas são inconsoláveis. Nada os acalma, nem esquartejar carrascos em sua oferenda nem consolar todas as crianças vivas. O silêncio não voltou para mim, nem mesmo por meio de meus costumes antigos: lá eu tinha minha cama, meus lençóis de algodão e meu travesseiro de penas, e, sobre a mesa de cabeceira, meu revólver favorito. Guardei uma faca sob as penas do travesseiro, Daniel me trouxe uma metralhadora que dormia ao meu lado como uma namorada, coloquei granadas em cima dos lençóis de algodão e cerquei toda a cama com minas, plantei-as no tapete branco. Eu me armei até o limite: quando rangia os dentes, cuspia raios.

Eu me enclausurei e não falei com ninguém. Só vi vídeos do massacre. Daniel os conseguiu: os da SIDE, os dos meninos alemães, aqueles que os pivetes e as minas filmaram com os celulares. Eu vi mil vezes e duvidei mil vezes do que via e do que me lembrava: a memória é caprichosa e os filmes, já faz décadas que não são documentos. Na ocasião eu não sabia, e nem soube depois: por que não nos procuraram e nos mataram, e pronto? Talvez para nos desmentir, para poder publicar que duas putas loucas estavam delirando bobajadas e desqualificar todo relato como o nosso, dizendo que eram absurdos. Para que sua gente diga: "Nós não envenenamos um reservatório de concreto todo cheio de peixes e cercado por favelados que bombeavam o dia todo para tirar água do lençol freático. Nós não envenenamos um reservatório de água turva todo cheio de carpas coloridas, bigodudas e vorazes". E rematar, como se fosse a sequência lógica, com um "Nós não atiramos em nenhum favelado". Eu estava com medo. Pensei em voltar para o que tinha sido antes de Jonás e da favela, de Cleo e de Kevincito, daquela Virgem indigente.

Mas Cleópatra apareceu em casa, quase branca de horror e tão muda como eu, e já não houve como voltar atrás. Sua cabeça estava enfaixada e ela trazia dois trapos, uns sapatos vermelhos, um vaso quebrado, mas ainda com terra e gerânios, e a cabeça de Nossa Senhora em uma sacola de plástico. Ela se encerrou na cozinha. Não se acostumava com as dimensões de meu apartamento, cem metros quadrados pareciam um despropósito para um único habitante, ainda por cima quase sem paredes. "Cê não se sentia sozinha aqui? Parece uma tenda gigante. Que que aconteceu? Com parede era mais caro? Cê não teve dinheiro pros tijolos?", ela me perguntou mais tarde, quando voltou a falar. Acho que ela se sentia sozinha. Não só estava tendo uma crise de fé, mas o loft e sua visão do céu também lhe davam uma espécie de ataque de agorafobia: havia reduzido seu raio de ação praticamente à cozinha e lá tinha amontoado tudo de que precisava — a cabeça da Virgem, um rádio, uma tevê, as roupas, as perucas, centenas de pacotes de biscoitos e caixas de pizza, sua comida favorita. Comecei a sair um pouco. Precisava ficar sozinha e estava convencida de que, se quisessem nos matar, nem o porteiro de meu prédio nem meus vizinhos conseguiriam impedi-los, então eu saía para passear, ia tomar café no Malba. Eu não conseguia explicar por quê, mas me sentia segura lá.

 Em casa, Cleo e eu começamos a assistir juntas às notícias da favela, até mesmo seu enterro, o de Cleópatra, que naquele dia recuperou a voz. "Que bando de filho da puta, Qüity. Se eles querem me ver morta, não entendo por que não me matam e pronto, em vez de fazer uma novela. Será que a Virgem tá me protegendo?" "Não seja tonta, Cleópatra, a Virgem não existe", respondi eu, que também recuperei a fala temporariamente. Mas a perdi logo em seguida. Mal conversamos o dia todo. Só olhamos em loop o cortejo fúnebre, o velório, o choro. Cleo ficou muito comovida, chorava como uma carpideira, como uma menina, como uma louca chorou o dia todo: havia uma multidão em seu funeral e as pompas eram pomposíssimas. De algum lugar tiraram ou simplesmente produziram um cadáver da estatura de Cleo. Talvez fosse uma travesti, talvez uma mulher alta, seu rosto estava desfigurado. "Fervor popular no enterro da polêmica irmã Cleópatra", diziam as manchetes. O responso foi dado pelo bispo de San Isidro, um detalhe que comoveu Cleo profundamente: "Olha o padre Julio, Qüity, olha pra ele, eu sempre te disse que ele não era tão ruim, cê é tão descrente que acha que só porque ele é padre é um filho da puta. Ele tá abençoando o meu menininho e eu". "Cleo, esse canalha deixou que matassem a gente e te comia quando você tinha treze anos." "Ah, Qüity, ele não mandoù matar a gente, e, quanto às trepadas, eu também gostava. Além disso, ele me ensinou as coisas de Deus e como ler direitinho e me mandou pra escola noturna e pagou as minhas tetas quando eu fiz dezessete. Ele me amava, e me comer, todos me comiam.

Além disso, vê só a Virgem, que ficou grávida com catorze e o Espírito Santo era muito mais velho que o padre Julio, olha como ele tá velhinho, tem cara de vovozinho agora. E essas roupa roxa fica linda nele." "Sim, Cleo, nisso você tem razão, está feito um vovozinho sexy seu padre Julio."

Havia milhares de pessoas no cemitério de Boulogne. O bispo declarou que a Igreja não acreditava na santidade de "Carlos Guillermo Lobos, também conhecido como Cleópatra Lynch", mas que, se ela havia sido pecadora, também fora uma boa alma e certamente Deus a receberia em sua infinita misericórdia. O padre estava convencido de ser feito à imagem e semelhança do Criador. Susana também estava lá, toda de preto e usando um véu, estreando bochechas novas para a ocasião, e ela contou o milagre que Cleópatra lhe fizera, quando estava paralisada e saiu da favela andando em uma manhã de domingo. Dos pobres que estavam ao fundo quase ninguém falou: nunca soubemos se foi por medo ou coisa da edição. Eles só foram vistos jogando flores e flores e flores no caixão e, antes disso, roubando-as ou pedindo-as nos jardins das casas ricas perto da favela e do cemitério.

Depois nos contaram e nos enviaram os santinhos com a Nossa Senhora do Barraco e Cleo, de coque e terno de alfaiataria, com peixes nas mãos. Os altares nós vimos na internet.

23.
Qüity: "Foi de dentro da dor"

Foi de dentro
da dor do puro broken heart
que surgiu nossa paixão.
Ela me abraçou de coração,
Tirou minha calcinha
e me comeu todinha.

Certa tarde, ela voltou a falar: recuperou o diálogo com sua mãe celestial e não se calou nunca mais. Assim que entrei, vi a sacolinha de plástico flutuando em uma corrente de ar e Cleópatra ajoelhada na frente da cabeça de Nossa Senhora que eu tinha colocado em cima de minha CPU. Cleo parecia contente em seu êxtase.

— Eu sabia que vós não falharíeis comigo.

— ....
....

— É verdade, Santa Maria, pensei que tínheis cagado pra gente. Nos deixastes sozinhos como numa missão suicida, nos destruíram a tiros. Mataram até o Kevincito. Sei que também mataram o vosso filho, mas não dou a mínima, foda-se. O vosso ressuscitou e o meu, não.

— ....
....
....

— E cuidais dele, Virgenzinha?

— ....
....
....
....
— Perdão, perdão, mas não consigo parar de chorar, ele deve estar melhor convosco, mas sinto falta dele.
— ....
....
— Vós lhe dais as coisas de que ele gosta?
—
....
— E que roupinha ele usa aí no céu?
— ....
....
....
— Sim, mãezinha, abraçai-me, perdoai-me por duvidar de vós, abraçai-me que eu quero rezar nos vossos braços.
— ....
....
— Sim, assim, por favor, Deus vos salve, Maria, sois cheia de graça...

Isso me enfureceu: dei uma porrada nela que a deixou estirada no tapete, caída de bruços. "Sua escrota", gritei, "louca desmiolada, o que você está fazendo rezando, você ainda acredita nessas merdas e reza pra essa bosta de pedaço de concreto?" Ela se levantou e cravou os olhos em mim ali de seu belo metro e noventa: "Qüity, meu amor, vem cá", ela me disse e me levantou no ar, me levou para a cama, sentou-me no seu colo e me abraçou. Pôs uma música, uma música da Gilda, muito alto. Ela me ninou com a cabeça entre seus peitos enormes. Algo se rompeu dentro de mim, abriu-se como a terra se abre quando as placas se movem, rachou como as paredes de uma represa racham pela pressão da água, partiu-se, lascou-se como um vidro depois de uma pedrada, desabou como um edifício bombardeado e descascou como um pintinho quando sai do ovo.

Uivei, craquelei um grito inarticulado, primitivo. Cleo me acariciou a cabeça, tem umas mãos enormes minha amada, com apenas uma delas me segurou e me disse: "Se cê quiser chorar, chora", e começou a me beijar enquanto eu me desmanchava em lágrimas, eu sentia que estava me desfazendo, liquefeita, que só restaria de mim um montinho de pó se continuasse assim. Eu chorava como Kevin não pôde chorar pelo tiro que o deixou esturricado, e seca e esturricada eu pensei que ia ficar também, por causa de tanto choro. Naquele dia, Cleo e eu parecíamos *La Pietà*: ela a mãe e eu o filho, e ela me beijava e acariciava e eu comecei a beijá-la, comecei a beijar seus peitos e a encharcá-los também de lágrimas, e me deu tesão, queria o cacete de Cleo como nunca quisera qualquer outro antes, ou assim me parecia, e dava para ver que ela queria me dar, porque desfez essa *Pietà* heterodoxa que representávamos, me acomodou com as pernas abertas em seu colo, me levantou um pouco e entrou na minha xana com essa verga enorme que ela tem e que pareceu feita sob medida para mim, e eu me deixei foder e também a fodi e ela também chorava e nós éramos isto: dois animais desesperados que se esfregavam e se lambuzavam e choravam e se abraçavam e sentiam-se pulsantes como alguém que se aferra à vida.

"Isso é um milagre", declarou Cleópatra quando terminamos, e foi correndo dar um beijo na cabeça da Virgem que "tá toda feliz, tá abençoando o nosso amor e dizendo que eu já tô na idade de começar uma família". Minha amada riu e ensaiou uma interpretação: "Tá vendo, meu bem, Deus existe. É como se ontem eu tivesse morrido um pouco quando me enterraram e tivesse ressuscitado diferente. Ressuscitei lésbica, acho".

Minha alegria durou pouco e comecei a chorar outra vez. Cleo voltou a me abraçar, mais uma vez me transformou em uma bolinha contida por seu corpo e me contou o que tinha acontecido com Nossa Senhora: "Eu tirei ela da sacola pra xingar. Porque ela deve ser muito santa, mas cagou e andou pra gente, e eu disse isso pra ela. Como que ela não avisou nada, como que não fez um milagre pra salvar a gente, como que não mandou uns anjinhos que pelo menos tirassem o Kevin de lá. Ela disse que não ficou sabendo até o último momento, que o Senhor não consulta ela nem comenta nada sobre os caminhos misteriosos dele, que são um mistério pra ela também. Mas que o Espírito Santo, essa pombinha de merda, disse ela, não vai conseguir falar com ela nem que se disfarce de cisne ou de dragão, vai ter que ir até o inferno pra encontrar alguém que dê trela pra ele, porque a Virgem não quer ver ele nem por um par de séculos. Ela me deixou ver o Kevin, sabe? Tava lindo, todo vestidinho de branco com um camisa e uma calça de linho, numa praia de areia branca também. Os anjos tavam brincando com ele: faziam uma formação no céu como um esquadrão de videogame e o Kevin fazia que atirava neles com a mãozinha e eles caíam como morto, quase até a terra eles chegavam e o menino ria sem parar e pra cada anjo caído ele ganhava um ponto, e quando ele completava cem pontos, o prêmio: uma caixinha de McDonald's Feliz, com um hambúrguer divino e bonecos raros de super-heróis, de santos, por exemplo são Jorge, outro a Gilda, outro João Paulo II, e Kevin monta eles e eles dão coca-cola pra ele e acariciam o cabelo dele. A Virgem adotou ele, bom, adotou não porque ela também já era mãe do Kevin, ela é a mãe de todo mundo, né? E ele tem um monte de amiguinho, tava lá a Yamilita, por exemplo, bem feliz, porque no céu não tem semáforo nem chove ou faz frio, e então ela passa o tempo brincando como quer, em vez de olhar pros faróis o dia todo pra ir pedir nos carros, e a Virgem também brinca com eles, a Gilda canta músicas pra eles e Deus responde todos os porquês que eles podem pensar e permite que eles comam todas as batatas fritas e os alfajores do paraíso e a alma do Walt Disney, que não está congelada como o corpo, faz filmes, e a da Doña Petrona[20] faz panquecas com doce de leite. O Kevin tá muito feliz lá porque parece que Deus responde melhor do que a gente respondia pra ele, já que no fim das contas a gente não sabe muito bem por que as coisas acontecem, né?" Cleo me acariciava enquanto relatava o paraíso do Kevin e eu também acariciava Cleo, que teve outra ereção, "outro milagre, obrigada, Virgenzinha", ela disse, e voltamos a trepar.

---

[20] Petrona Carrizo de Gandulfo (1896-1992) foi uma escritora argentina de livros de receitas, chef de televisão e empresária famosa no mundo da gastronomia.

24.
Qüity: "Não me arrependo desse amor"

"No me arrepiento de este amor..."[21] Fui despertada pela voz de Cleo e sua aura matutina, o cheiro de torradas. Era a manhã seguinte à nossa primeira noite de amor. Entre os raios de sol que entraram por minhas janelas ela apareceu fantasiada de Gilda, com uma peruca preta e um vestido vermelho parecido com aquele que Nossa Senhora usa nos santinhos. Dançava e ria. Terminou com "amar es un milagro y yo te amé", apoiou a bandeja na cama e começou a cevar o mate. "Bom dia, Qüity, meu amor", me desejou. E disse que nunca tinha sido afeita ao lesbianismo, mas que me adorava e que íamos ser felizes para sempre, continuou falando com a boca cheia de torrada. Eu lhe disse que sim, que para sempre, e que meu pânico tinha se aliviado: naquele momento eu só sentia medo e vontade de continuar trepando. E alegria, naquela manhã senti alegria e com essa alegria combinamos o plano de fuga. Chegou o e-mail do Dani que eu estava esperando. Entendi que era hora de ir embora. Já tínhamos compartilhado travessias pelo delta do Paraná com ele. Nosso caiaque estava guardado no mesmo lugar e o horário era o de sempre, o mesmo do início de nossa amizade, quando subornávamos os vigias para que abrissem para nós às dez horas da noite. Tínhamos que ir embora antes que eles se lembrassem de terminar de

---

[21] "Não me arrependo deste amor": música da cantora Gilda.

nos esmagar, e não podíamos ir de avião, trem ou ônibus. Não podíamos sair de nenhuma estação de embarque, pois podiam estar à nossa procura.

Acho que não estavam nos procurando porque nos sentíamos realmente muito seguras em minha casa. O poder também pode ser misericordioso, se tiver vontade. Mas tínhamos de sair do país, e eu fiquei sabendo que havia uma travessia para Nueva Palmira. Enfiada dentro do caiaque, com um gorro, óculos escuros, roupas esportivas de neoprene e um novo corte de cabelo, Cleo passaria mais despercebida. E as forças de segurança tendem a ser indulgentes com os atletas. Devem pensar como Cleópatra, "mens sanas in corporus sanus".

Como eu não conseguia parar de chorar, Cleo tentou me confortar, contando-me o paraíso de Jonás: "Tá numa praia linda, toda cheia de palmeiras e de loirinhas. Na costa tem uma estrada e passam carros conversíveis, dirigidos pelas loiras com óculos e lenços que voam ao vento. Todas elas se parecem com a Marilyn, com a Susana e a Evita, são divinas. Estuda com os melhores, faz carros voadores com o Ferrari e o Ecclestone. Física das estrelas, que aprende à noite, se tornou parceiraço do Hawking, que agora dança contente: tem um corpo que funciona e vive de cama em cama. Escutam música das esferas, dos coros celestiais. Os santos e os anjos tocam cúmbia pro Jonás, acordam ele com aquela que ele gostava quando era pequeno, cê sabe qual é, né?, 'Laura, se te ve la tanga',[22] eles cantam de manhã e o Jonás ri e os olhos dele ficam miudinhos como quando ele era uma criancinha".

Nós encontramos Dani às margens do rio Luján, em frente à porta do lugar em que o caiaque tinha sido guardado, às dez

---

[22] Música do grupo de cúmbia Damas Gratis.

horas da noite. Tínhamos feito reserva para comer macarrão à bolonhesa no Fondeadero. Remamos pelo rio Sarmiento, o San Antonio, o Dorado e o Arroyón. Era uma noite de lua cheia e conversamos no brilho azul da água, no silêncio, naquele espaço quase sagrado compreendido entre as árvores e o rio. Dani não viria conosco. Foi uma despedida. Tomamos duas garrafas de vinho que ele tinha guardado por cinco anos para uma ocasião especial. E nós duas ficamos na ilha.

25.
Qüity: "Quem tiver um paraíso"

Quem tiver um paraíso, que cuide dele e o esconda: tanta visita, tanta foto, tanta notícia e tanto documentário nos puseram em todas as telas, e mudou a maneira de estar no mundo da favela, que sempre havia optado por uma prudente discrição. Uma discrição combinada entre todos: os de fora fingiam que não havia nada atrás dos muros, no máximo faziam de vez em quando um jantar de caridade ou iam tirar fotos ou doar coisas velhas. E os de dentro sempre souberam que a fama só podia significar problemas: a imprensa só se ocupava deles em casos de despejos, roubos, às vezes um assassinato ou de quando em quando um hit de cúmbia. E mais nada.

Será que foi isso? Estava viajando em seu helicóptero quando viu, ao mesmo tempo, uma notícia sobre nós em sua tela e a imagem da favela aos seus pés? Anos depois, aos pés de Daniel, disse algo assim: estava indo para casa, viu a favela de cima, viu os barracos com os tetos florescentes de gerânios, a superlotação, viu as virgens e os santos, viu a proximidade com as mansões de seus sócios e pensou que os favelados não mereciam viver tão bem, que seus amigos não mereciam tal vizinhança e que aqueles terrenos mereciam uma boa renda e quis surfar na crista da onda imobiliária. Para nós, foi um tsunami. Para eles, os mais fortes, seu desejo é feito de natureza, tem o mesmo peso que a lei da gravidade: será que ele se imaginou como um furacão que fez ir pelos ares todas as chapas da favela? Como uma avalanche, alimentando-se de seu próprio impulso e do que esse impulso arrasta e amplia? Será que se viu como um exército? Como a lei de seleção natural, tirando os mais fracos para abrir espaço para as mansões dos melhores? Nunca saberemos.

Acho que, a essa altura, o que um cara sente é que sua riqueza desenvolve uma força, uma espécie de inércia que o obriga a alimentá-la e a fazê-la crescer e crescer. Dani perguntou a ele, e eu também lhe perguntei, mas ele não soube ou não quis ou não pôde responder. Claro que, quando esteve em uma situação de ter que responder a perguntas, o cara não era mais o mesmo: estava amarrado a uma cadeira, literalmente cagado e mijado de medo, seu desejo não era mais natureza e nem mesmo desejo era àquela altura do campeonato, não restava nada mais do que o instinto de sobrevivência para aquele filho da puta, que implorava e suplicava como um rei deposto: tão miserável como qualquer um, apenas um pouco mais propenso à ira. Não sei por que Daniel demorou tanto para matá-lo, ele me jurou que não era sadismo. Esperava que lhe dissesse algo, que explicasse o porquê. Por que você matou os favelados, seu pedaço de merda? Que ele só tinha ordenado que limpassem a quebrada, disse, mas alguém acha que podiam ter limpado a favela sem matar ninguém? Disse que, se Daniel conseguia limpar áreas sem deixar vítimas, que trabalhasse para ele. Que tinha acertado com o governo um projeto de moradia social; que não era um filho da puta. Que aquilo foi uma batalha, explicou, ninguém entrega sua terra sem resistência. Além disso, acrescentou, "não mandei que atirassem numa criança, não pedi isso, pedi pra limparem a quebrada. Meu lance é pensar nos negócios: não me ocupo pessoalmente de fazer a contabilidade, da manutenção dos computadores, de comprar os carros ou de limpar as quebradas da melhor maneira possível pra desenvolver os negócios. Eu sou o cabeça, penso nos negócios, negocio com os outros cabeças: sou uma parte importante da minha empresa, mas não sou toda a empresa. Mandei despejarem, não matar. Não sou um assassino, sou um homem de negócios", dizia o Chefe, o ex-Chefe, ex-homem de negócios, quase ex-homem naquele momento.

Eu também não podia fazer mais nada. Sim, eu vi como Daniel o matava: ele transmitiu pelo celular. Também falei com o Chefe, precisava saber. Quando soube que Dani o sequestrara, já fazia alguns dias que o mantinha amordaçado e amarrado a uma cadeira em um muquifo imundo: não havia volta atrás. Eu realmente queria entender, Cleo: sabia que ele tinha nos matado para fazer negócios, mas resistia a pensar que Kevin tinha morrido por isso. Porque em algum lugar de mim eu também tinha de acreditar um pouco em algo, achava que na vida havia algo sagrado, e ampliar um pouco mais uma fortuna que não podia ser dilapidada, exceto depois de duas ou três gerações de Paris Hiltons, não parecia razão suficiente.

Uma coisa eu entendi: não há nada que seja sagrado, e ampliar um pouco uma fortuna justifica qualquer coisa; não é questão de fortuna, é questão de força. Isso eu entendi. Eu não tinha interesse em matá-lo. Não o procurei, não o encontrei nem atirei nele. Naquele momento, quando Dani me ligou e me mostrou o Chefe e eu participei do interrogatório por videoconferência, eu acreditava que o importante era que soubessem o que nós sabemos: que, à força, só é possível se contrapor outra força. E que evitar a vingança é condenar-se a sofrer mais violência. Daniel fez o que ele sempre quis: foi, por uma vez, o braço armado do bem. Ele não estava totalmente louco, sabia que ninguém se preocuparia demais. O governo estava farto das pressões do Chefe, suas empresas estavam em nome de outras pessoas e esses outros também estavam aterrorizados pelo poder do amo, então nossos cubanos compraram tudo deles a preços mais ou menos razoáveis, e onde antes havia um bilionário, agora havia vários milionários e um trilionário. É por isso que Daniel conseguiu matá-lo. Deu-lhe um tiro na cabeça, amor, eu vi bem da tela do celular, e isso foi tudo: o Chefe apagou como se apaga um cigarro. Daniel continuou a viver tão amargo como sempre, mas um pouco mais tranquilo. Eu me desconectei e voltei aos seus braços, à nossa cama, à nossa vida protegida pelo dinheiro que a cúmbia nos deu, por sua fama. Ok, Cleo, se você diz isso, amor, por Nossa Senhora também. Que, aliás, poderia ter blindado a favela, né? Se fosse assim tão das nossas como você diz. Ai, amor, não vamos começar de novo. A Virgem não existe, Cleo. Não, não sei com quem caralhos você fala, minha Joana d'Arc favelada, pacifista e dançarina. Cale a boca um pouquinho, vamos, e tire minhas roupas. Sim, vida, assim.

Epílogo

Quando pensei que este livro estava pronto para ser publicado, deixei uma cópia para que Cleo lesse e desse seu consentimento, como ela exige que assim seja. Se eu não inseri no livro um par de capítulos dedicados ao sucesso da ópera cúmbia *Nossa Senhora do Barraco* é porque isso é algo que todo mundo sabe: aparece na tevê, nas revistas, nos jornais, tem mil sites de fãs na internet, foi motivo de controvérsia entre Cleo e o papa... Por que eu ia contar tudo de novo? Naqueles dias, decidi que dali para a frente ia me dedicar à ficção: não se pode escrever sua própria biografia com uma esposa que se considera coautora, a menos que seja outra escritora. Cleo me pediu alguns dias para lê-la com atenção. Em resposta, encontrei esta mensagem:

Não, Catalina querida, isso não acaba aqui. Não termina nem a pau: tempos de cataclismos e catástrofes estão se aproximando e haverá El Posos em meio mundo, então não acabou, não é você que decide. Além disso, uma história da Santa Maria não pode terminar com um assassinato e poeira. Não vou permitir que você faça isso.

Eu sei que você acredita que o livro é teu e então você põe o que tiver vontade e ele acaba onde te der na telha, mas você está errada: o livro também é meu e, acima de tudo, é da Virgem. Imagino o que você me diria se estivesse aqui: que não tem vocação de evangélica e que se eu e a Santa Mãe queremos um livro, que seja escrito por nós. Não importa que você não tenha vocação, meu amor, todo o bronze que você tem é graças a Santa Maria, assim como eu também fiz a mala. E escrever compete a você, é tua parte nessa história.

Mesmo que você tenha contado mal muitas coisas, e outras você nem contou. E agora não vou ter tempo de pôr isso no livro. Por que você não escreveu o capítulo da ópera cúmbia? E daí se você puser que, quando eu canto, cantam comigo cinquenta mil pessoas todas as vezes? E que quinhentos mil gringos se tornaram fiéis de Maria desde que estreamos a cúmbia? E se você disser que na Flórida há mais santinhos de Nossa Senhora do Barraco do que bandeiras americanas? Isso não é nosso também, Qüity: a fama e a bunfa vêm da Virgem e pela Virgem e para a Virgem, e já é hora de devolver tudo isso pra ela. Você se certifique de pôr isso como eu te digo, minha querida, porque senão vamos ter muitos problemas. Mais do que nós vamos ter quando você ler isso.

Certamente não é o que mais te preocupa, mas a fama eu vou pagar pra Santa Maria pregando pro Caribe: primeiro tenho que ir até Cuba, Qüity. O Fidel parece eterno, mas ele não é, e nem mesmo a Virgem sabe se ele vai pro céu ou pro inferno, mas que a ilha vai à merda sabem até mesmo as criancinhas chinesas. E eles vão precisar da luz de Deus e da Santa Virgem e eu vou levar ela, porque Ela me ordenou.

Quando você ouvir o que eu vou te dizer agora, vai se preocupar um pouco mais: vou ter que deixar a Cleopatrita com você. A Virgem diz que se aproximam tempos de cataclismos e catástrofes e que "é melhor que a menina fique em casa".

Porque os desastres não vão acontecer apenas em Cuba, meu amor, vão estar em toda parte. Já teve crise e fome, Qüity. Mas o que está por vir é pior ainda: primeiro vai acabar a luz. E não vão funcionar os celulares, nem os computadores, nem a internet, nem os motores que levam água pros edifícios, nem nada. A guerra contra o Islã vai deixar a gente sem petróleo e os carros abandonados vão deixar a gente sem estradas. Não vai mais ter shopping nem televisão ou qualquer maneira de se comunicar além da dos radioamadores, que é o que você tem que aprender agora, meu amor. Não vai ter remédio. Nem comida congelada. Não sei se você entende o desastre que eu estou te contando.

Aqui em casa tem um gerador elétrico, mantimentos, combustível, armas e comida enlatada pra uns cinco anos. Você sabe melhor que eu, o bunker foi você que montou. Eu levei as galinhas e fiz a horta e a Helenita construiu o novo reservatório no meio de tudo porque viver só de enlatado não é uma alimentação saudável e a Cleopatrita tem que crescer com saúde. Você pensava que era um ataque de nostalgia, uma forma minha de manter a fidelidade das minhas origens, ou qualquer coisa assim, foi o que você disse. Mas você estava errada: nada de nostalgia, se eu ergui essas muralhas altíssimas e coroei elas com uma Virgem, uma estátua de São Jorge e milhões de pedaços de cacos bem afiados, foi porque está chegando uma catástrofe e eu não posso deixar vocês sozinhas e desarmadas. E eu tenho que deixar vocês por um tempo. E você tem que ficar aqui, cuidando da Cleopatrita e da Helena e do seu Klein e o Kleinsito Klein que já vai nascer. Porque a nossa casa será salva, Qüity, mas isso não significa que não vai ter batalha.

Vai ter guerra em meio mundo, Catalina, me escuta bem. E todos os que vivem e os que morrem vão precisar de conforto durante os próximos anos: aqueles que vão ter que arrastar os caixões pros cemitérios vão ser os velhos, Qüity. E vão ter que *levar no laço, porque eu já te disse que não vai ter petróleo. Os pais vão ter que enterrar os filhos; os tios, os sobrinhos; e os avós, os netos: tudo ao contrário, os mortos vão acabar empilhados em qualquer parte porque os velhos vão ficar sem força. E eles vão morrer também e eu não sei quem caralhos vai enterrar eles. Pra todos esses que vão sofrer, o velho e o jovem e os de idade mediana, eu fiz uma Catedral pra Nossa Senhora do Barraco: praqueles que querem chorar, que chorem aos pés desse altar, e serão confortados pela própria mãe de Deus, que conforta melhor que ninguém. Pra isso é que ganhamos a riqueza que ganhamos com a cúmbia: pra tornar Nossa Senhora a cabeça da Igreja que ela merece. Era pra fazer uma catedral pra ela.*

E sim, você vai ficar com raiva, é por isso que eu não te disse antes, mas a verdade é que eu fiz a catedral que a Nossa Senhora do Barraco merece. O design um pouco foi ideia tua também: pensei nele quando você me deu o Rolex Pearlmaster de ouro amarelo e dezoito quilates com mostrador de nácar engastado de diamantes e moldura com pedrinhas de brilhante, que eu tive que vender pra fazer o altar pra Santa Mãe. A Virgem queria a catedral dela, mas uma catedral nômade, que vá aonde quer que eu vá, me ordenou ela. Na turnê europeia do ano passado, quando você decidiu ficar escrevendo porque viajar não é a tua praia, você me disse, eu fui até a sede da Rolex na Suíça e projetei com eles o monumento portátil pra Nossa Senhora. Eles adoraram a ideia, querida, eles gostaram do meu design, e olha que eles são todos protestantes e judeus que não estão nem aí pra Virgem, como se ela não existisse.

Eles são os joalheiros do "luxo eterno", Qüity, isso é o que diz do lado da Rolex, então é óbvio que eu tinha que fazer isso com eles. Pros cabelos, pusemos 16.351 fios de ouro branco de 22 qui-

lates; não é porque eu sou pão-dura que não são 24 quilates, é porque precisava pôr paládio e prata pra tornar ele mais claro e nem assim os fios brilham como brilham os cabelos dela, que é loira como um fogo que não queima, como uma deusa viking, não sei como te explicar: ela lança luz.

Também dei dentes pra Virgem: os melhores dentes que você pode imaginar, minha vida, diamantes branco-azulados, usei 64 deles: o sorriso da Santa Maria irradia luz como um disco voador; é um sol de verão, um impulsor de nanomáquinas, ou é como você ficar sabendo que se curou quando tinha uma doença sem cura; e eu coloquei rubis naqueles lábios fininhos que ela tem e que ela usa pra dar conforto, 55 rubis. Fiz os olhos dela também, eu nunca te falei dos olhos da Virgem? São azuis, mas azuis como o Mediterrâneo na Sicília, azuis como as duas safiras gigantes que eu mandei trazer do Sri Lanka pra ela, Qüity. Os antigos, de quem você gosta tanto, acreditavam que essa pedra tinha o poder da sabedoria. Eles acreditavam que quando você tava afundado na merda e não sabia o que fazer a pedra resolvia pra você, querida. E assim são os olhos da Santa Maria: azuis como a sabedoria.

A única coisa que eu não fiz com o pessoal da Rolex foi a pele: ela eu fiz com o Ivo Pitanguy, que não é Deus, mas chega perto. Espera pra ver a pele da Nossa Senhora e depois me diz. A gente fez com lâminas de quitosana, que é o que que eles usam nos hospitais pra enxertar nos queimados; é tipo um milagre da medicina, Qüity. Quando você olhar pro rosto da Virgem, você vai entender; ela tem a pele de uma adolescente sem espinha.

O resto, fiz tudo com os joalheiros. Que resto?, você deve estar se perguntando. Qüity, eu não podia fazer uma joia assim e deixar sem segurança. A Virgem está dentro de uma caixa de vidro muito transparente e mais impenetrável que o teu bunker, querida. Comprei ela lá na Colômbia, você viu que lá os ricos vivem tomando tiro, sim, eu sei que os pobres também, mas os ricos são mais visados que nos outros países então inventaram uns vidros bárbaros: são em camadas, muitas camadas, por exemplo, aquele que tem 1 centímetro de espessura pode suportar uma arma de 9 milímetros a uma distância de disparo de 4,57 metros e com uma velocidade de bala de 394 metros por segundo; pode receber três impactos. Este tem 30 centímetros de espessura, meu amor, faz as contas: a gente pode morrer cheia de bala antes que o vidro lasque. Também é eletrificado. Ele só para de soltar raios quando eu toco nele com as minhas impressões digitais, se estiverem entre 36 e 38 graus, coração: não posso abrir nem a pau se estiver com febre. E filma, Qüity, é como uma caixa-preta com imagem, registra tudo o que está acontecendo em torno de um raio de 343 metros, e com uma definição de 7 megapixels. E tem uns alto-falantezinhos de última tecnologia, AMP 4 x 120, a potência das colunas de som que a gente usa nos estádios. O computador que a gente instalou dentro dela é programado em loop, passa música sagrada o dia todo, como a cúmbia e a ave-maria e outras canções da Virgem. Reza o rosário também, Qüity. Entende as ordens que eu dou pra ela e então canta, toca música, reza ou não faz nada.

Tem o seu próprio gerador de energia, que eu fiz com dínamos e um sistema de pedais igual ao de uma bicicleta. Tenho que pedalar dez rosários por dia, que é o mínimo que a gente precisa rezar em tempos de crise. E com isso eu faço ginástica, meu amor. Quando eu voltar, vou estar tão esplêndida como sempre.

Deixo com você um rádio que está sincronizado com o meu. E não te preocupa, que por enquanto os aviões funcionam e quando eles pararem eu já falei com um grupo de balseiros que vão me cruzar outra vez pra Miami. Pra quando eu puder me reunir *com você, meu amor, e com a nossa filha. Enquanto isso, não sei quando vai ser, mas não vai demorar tanto, Nossa Senhora me disse, vou gravar mensagens diárias com tudo o que for acontecendo. Porque está escrito que isso tem que ser escrito, e é você que vai ter que escrever, meu amor.*

Estou indo para Cuba atrás dela. Não sei se estou com o coração partido ou se tenho uma granada no lugar onde antes estava meu coração. Também ignoro se vou enfrentar um divórcio ou o Apocalipse. Não entendo o que aconteceu com ela; sei que as origens não são tão fáceis de abandonar, e na cultura de origem de Cleo fugir com toda a grana e me deixar com a cria em casa é algo que qualquer homem pode fazer sem que sua honra e seu bom nome saiam prejudicados. Mas eu não acho que foi isso, estritamente falando Cleo não é homem, ela ama a filha e realmente acredita em sua Virgem Santa. Então deve ser verdade que ela transformou esse pobre pedaço de concreto em uma extravagância caríssima e bizarra e que está em Havana tentando organizar algum megarrecital para converter os ilhéus à fé da Nossa Senhora do Barraco. Se eu não estivesse tão furiosa como estou, o processo de reescrever a cúmbia como um texto digno da Revolução seria apaixonante para mim. Mas em nossas contas bancárias restam apenas 300 mil dólares. E nós tínhamos mais de 10 milhões. E minha amada deu no pé sem me avisar. Fugiu com toda a grana e me deixou a menina, como se eu fosse, sei lá, uma mulherzinha! Claro que lhe enviei uma resposta:

Carlos Guillermo Cleópatra, você tem razão, isso não acaba aqui. Eu vou te buscar, vamos vender todos esses metais e pedras preciosas que você pôs em sua catedral e você vai continuar orando para o pedaço de concreto que resgatou da favela, que não foi tão mau até agora. Sem ouro e diamantes, sua Virgem lhe rendia o mesmo. Com o que recuperarmos, vou te pagar um tratamento psiquiátrico. E, se você não concordar, vou te levar aos tribunais por roubo. E vou pedir sua extradição. E você vai voltar no avião com as mãos algemadas, e isso nem o Fidel — vivo ou morto — nem todos os seus fã-clubes juntos vão poder impedir. Nos vemos em Havana, meu amor.

Glossário

Aprontar: sair para roubar
Bandalho: depravado
Baseado: cigarro de maconha
Birra: cerveja
Boca: zona de prostituição
Bofe: homem bonito
Bolacha: mulher homossexual
Bolinha: anfetamina
Bronze: dinheiro
Bunfa: dinheiro
Cafinfa: cafetão
Cafungar: cheirar cocaína
Cair de queixo: praticar sexo oral
Chinfra: turma de viciados
Embucetada: lésbica apaixonada
Farinha: cocaína
Fazer a elza: roubar
Fazer a mala: ganhar muito dinheiro
Fazer boquete: praticar sexo oral

Fazer chupeta: praticar sexo oral
Fininho: cigarro de maconha
Fubá: cocaína
Goró: mistura de bebidas
Maricona: homem homossexual com mais de 50 anos
Marofa: fumaça produzida pelo cigarro de maconha
Meganha: policial
Mula: entregador de droga
Noiada: drogada
Pisante: tênis
Pivete: menino que rouba
Sapa: mulher homossexual
Tiragem: polícia
Trabucar: trabalhar
Trampar: trabalhar
Toco: suborno

1. Qüity: "Tudo o que is born morre" — 7
2. Qüity: "Tivemos vida novinha" — 13
3. Cleo: "Foi pela Virgem Maria" — 19
4. Qüity: "Nossa Senhora falava como uma espanhola medieval" — 24
5. Qüity: "Tudo começou com os tiras" — 30
6. Qüity: "Na madrugada seguinte" — 34
7. Qüity: "Naquele dia, eu tinha trabalhado horas e horas" — 38
8. Qüity: "Entrei na favela" — 47
9. Qüity: "Todos rezavam" — 56
10. Cleo: "... a água começou" — 62
11. Qüity: "No húmus sem igual" — 66
12. Cleo: "Eu sei" — 72
13. Qüity: "O que tínhamos na favela está perdido" — 76
14. Qüity: "Força, Nossa Senhora do Barraco" — 81
15. Cleo: "Ô, meu bem, cê esquece tudo" — 87

16. Qüity: "Flores, flores!" — *91*

17. Qüity: "Permanecemos ali por tempo suficiente" — *93*

18. Qüity: "O rato era do mal" — *101*

19. Qüity: "Ele explodiu com um tiro" — *113*

20. Cleo: "Cê não tava lá" — *119*

21. Qüity: "Tratores e escavadeiras" — *126*

22. Qüity: "Voltei para casa" — *130*

23. Qüity: "Foi de dentro da dor" — *134*

24. Qüity: "Não me arrependo desse amor" — *139*

25. Qüity: "Quem tiver um paraíso" — *142*

Epílogo — *146*

Glossário — *154*